ちくま文庫

ポラリスが降り注ぐ夜

李琴峰

筑摩書房

ポラリスが降り注ぐ夜　目次

カバー写真＝澄毅
カバーデザイン＝川名潤

ポラリスが降り注ぐ夜

本書は、二〇二〇年二月、小社より刊行された。

日暮れ

投稿者：ゆー　投稿日：2018／12／7（Fri）　年齢：23　地域：東京都
失恋しました。都内で、慰めてくれる人を募集します。割り切り希望。
【こちら】
ネコ寄りフェムリバ、23歳、ショート、普通体型。
社会人、金銭面自立。
【あなた】
セクにタチがつく、年上20代、フェム、金銭面自立。
写メ交換できる方。身だしなみ気をつけている方。
ネカマ、メンタル持ち、激体型の方はごめんなさい。
きいろ→yuu1995

夏ならまだ明るいに違いない時間帯なのにもう夕方とすら呼べないほど空は真っ暗で、ネオンライトが毒々しく煌めく中で人の群れは沸騰した濁流のように喧騒を撒き散らしながら方々へ流れてゆく。駅前ロータリーの樹木と生垣には青や白や紫のワイヤーイルミネーションが張り巡らされ冷やかな光を夜に滲ませ、クリスマスの到来を予告していた。時おり突き刺さるような寒風が吹き抜け、人々は肩を窄《すぼ》めたり顔をマフラーに埋《うず》めたりしてやり過ごすが、目下の休日と遠からず迎える年末休暇がもたらす高揚感で、アルタ前の賑わいは熱気すら感じられるほどだった。色めき立つ街とは裏腹に、ゆーは苛立ちと不安で胸がいっぱいだった。

夏生まれのゆーは冬は好きではない。寒くて、昼が短くて、何もかもが短命に終わってしまいそうな予感を纏《まと》う。寒いと手足がかじかむし、傷付きやすい。人肌恋しさで必要以上に一人であることを意識させられ、余計に寂しくなる。良いことなんて一つもない。夏の夕方は冬では完全に夜で、冬の夕方は夏ではまだ午後と呼べる時間帯だ。同じ言葉でも時によって意味合いが異なることが、ゆーにはどことなくもどかしく感じられた。

約束の時間まであと五分。レズビアンの出会い系掲示板に書き込むのは初めてで、そのせいか文面も他の人と比べやや保守的で、素っ気なくすら感じられる。それでも

「セフレ募集」なんて板《いた》に書き込むのはゆーにはとても勇気の要ることだった。他にも「恋人募集」や「友達募集」の板もあったが、今のゆーは差し出せる心を持ち合わせていないし、必要なのはお友達ではなく身体を暖め合える相手だったのだ。パソコン画面と睨めっこしながら躊躇しているうちに十分が経ち、文面の作成に三十分かかり、作成後また二十分迷ってからやっと意を決して投稿ボタンを押した。それは仕事の仕様書を仕上げるよりも遥かに精神力を消耗する作業で、ゆーは投稿後に暫《しばら》く虚脱感に包まれた。

投稿後にきいろ《カカオトーク》にはそれなりにたくさんのメッセージが来たが、写真の交換を拒否する人もいれば、交換した後に会う気が失せた人もいた。写真を交換した途端に連絡が切れた人も何人かいた。どういうつもりか「僕は男ですが大丈夫ですか」とか「彼氏も混ざっていいですか」とか訊いてくる人もいた。大丈夫なわけねーだろうと思いながら、どちらも「だめです」と返してブロックした。辛うじて会いたいと思える人と出会い、新宿で待ち合わせることにした。

「ゆーさんですか?」

後ろから声を掛けられ、振り返ると、事前のやり取りで確認した服装を身に着けている女性が目の前に立っていた。白のコートにベージュの鞄、コートの下からは濃い目の赤のスカートの裾が覗いている。交換した写真の通りそれなりに整った顔だが、髪型だけは写真と違っていた。写真では黒のロングだったが、目の前の女性は茶色のショートで、毛先が風に吹かれて軽やかに揺れていた。

「かりんさん、ですか?」

頷く女性に、初めまして、と挨拶を交わした後に暫く気まずい無音と愛想笑いが続いた。じゃ、ご飯、行きましょうか、とかりんが言い出し、それを合図に二人は夜の街へ歩き出した。

「写真とイメージ、違いますね」

人波を縫って歩きながら、ゆーはかりんに言った。黒のロングではないという点を除き、熟女と呼べるほど熟し切っていないけれど大人の女性特有の色気を身に纏うかりんは、ゆーの好みのタイプのど真ん中だった。それ故に残念な気持ちと騙されたような気持ちが一層高まり、ゆーは相手の髪型について文句の一つでも言わなければ気が済まなかった。

「切りました。写真は半年前のものです」とかりんは言った。「夏が暑かったから」

確かに今年の夏は外国でもニュースになるほど記録的な猛暑だった。冬より夏の方が好きなゆーも毎朝汗を拭きながら通勤しているうちに嫌気が差したくらいだから、

かりんの気持ちは分からなくもない。写真みたいにロングの方が似合うと思いますよ、と言う代わりに、

「晩ご飯、何を食べますか？」

とゆーは訊いた。

「〈ライフカフェ〉に行こうかと思って」とかりんは答えた。「行ったことありますか？」

あるけど、ゆーは首を横に振ることにした。誰と行ったか訊かれるのは億劫だからだ。

二丁目には二回行ったことがある。一回目は一年前の冬で、長引いた就職活動をやっと終えた日に、浮足立ちながら一人で訪れたレズビアンバーだったが、誰にも話しかけず、また話しかけられもせずに終わった。他の人は自分達のグループで雑談に興じたりカラオケを歌ったりしていたが、誰も彼女のことを気にしていなかった。三十平米そこらの店内の片隅の丸椅子に座り込んで黙々とカクテルを二杯飲んだらとうとう白けてしまい、ゆーはそそくさと店を後にした。あの店は今や場所も名前も覚えていない。

そして二回目は人生初のデートで、きえに連れられて行った〈ライフカフェ〉だっ

た。

「ライフカフェならこの時間でも開いているし、料理も美味しいですよ」とかりんは言った。

新宿通りをひたすら東へ進むと新宿二丁目に辿り着くことをゆーは知っている。左手に聳《そび》え立つ紀伊國屋書店と伊勢丹百貨店を通り過ぎると右手にマルイが見えてきて、更に直進した先に目に入ってくる世界堂ビルが目印だ。その交差点を渡って左手にあるブロックが、アジア最大級のゲイタウンである。

交差点を渡ったあとかりんは更に一ブロック進んでから左折し、そこからゲイタウンのセンター街とも言える仲通りに入った。ゆーはかりんの後をついていった。夜の帳《とばり》はすっかり下りていたが、二丁目の夜はまだ始まっていないようで、道路には人影がまばらだった。開いている店はコンビニかゲイショップくらいのもので、クラブとバーはまだ準備中のようだ。いくつかの交差点を渡って右折すると、「Life Café」と書いてある横長の垂れ幕とロゴが目に入った。他の店とは違い、昼間も営業しているライフカフェの店内には既に客が入っているということがガラスのドア越しでも分かる。かりんの後ろについて店に入ると、いらっしゃいませ、何名様ですか、と店員の爽やかな掛け声が耳殻《じかく》をくすぐった。それが呼び水となって、一緒に来た時にきえが振り向いて浮かべた懐かしい微笑みがゆーの脳裏にありありと蘇った。

きえと出会ったのは、厳しい冬を耐え忍んだ先に訪れたほのぼのとした陽射しの中で、あちこち桜が咲き乱れる時期だった。

都内のIT企業にシステムエンジニアとして入社し、新生活を始めた高揚感に包まれる最中《さなか》、言葉にできぬ片思いばかりしてきた学生生活と決別すべく山田遥が参加したのは、横浜にあるセクシュアル・マイノリティのコミュニティセンター〈キャビン〉主催のテーマトークイベントだった。ゆーの本名は山田遥である。そもそもゆーという本名とは全く関係のない名前は掲示板に書き込むために適当につけたもので、当時の遥はまだ使っていなかった。

道中誰か知り合いにばったり会うのではないかとひやひやしながら、グーグルマップを片手に辿り着いたのは県民センターの七階の一室だった。二丁目のようなお酒と煙草がつきものの夜の空間とは違い、テーマトークの会場は極普通のミーティングルームで、午後の光がブラインドを上げた窓から室内に降り注ぎ、部屋を眩しいほどに黄金色に染め上げていた。恐る恐る部屋に入り、横長の会議机を二台くっつけてできた簡易受付で、参加者リストに「はるか」の名前を見つけ、その横の枠に丸をつけた。

スタッフから渡された名札代わりのシールにマーカーで名前を書き、左胸に貼り付けた。

部屋には二十脚くらいのパイプ椅子が車座になっていて、十人くらいの参加者が適当に間隔を空けながら座っていた。窓辺に寄せてあった机が荷物置き場になっていて、コートやマフラーや鞄が積んである。窓から見下ろすと川に沿ってできた高架道路が目の前を横切っていて、その傍らに桜の樹がピンクや白に色づいていた。

両側とも空席の椅子に腰を下ろし、口から心臓が飛び出そうなのを耐えながら遥は誰とも視線が合わぬよう俯いて携帯を弄《いじ》る振りをした。女が好きな女達の集まる場所に自分がいることに、遥は現実感を持てずにいた。蛍光灯の微かな雑音が耳にチクリと刺さるが、それはとても長いトンネルを隔てた先の世界から木霊しながら伝わってきた音のように感じられた。そんな自分とは無関係に、他の参加者は二人か三人で小さいグループになって雑談を楽しんでいたが、それも意味を成さない蚊の羽音のように聞こえた。

「初めまして。ひょっとしたら緊張していますか？」

ふと声を掛けられて見上げると、穏やかな微笑みを浮かべる綺麗な顔が自分を見つめていた。左側の一個隔てた先の椅子に座っていたその女性は長い黒髪を片方に流し、どこかミステリアスな雰囲気を纏っていた。身に着けている黒い長袖のワンピースから品の良さが滲み出ていて、男受けしそうな顔だけれど決して男には媚びようとしない余裕みたいなものを漂わせていた。丁寧にケアしていそうな爪は色鮮やかな赤と黄色のグラデーションで、ネイルサロンで塗ってもらったものだろうと遥は思った。左胸の名札に目を向けると、「きえ」と書いてあった。

「うん、ちょっと」

自分の分かりやすさを恥ずかしく思いながら必死に笑顔を作ってみたが、それは照れを含んだ愛想笑いに映っていることは鏡を見なくても分かった。こんなイベント、初めてなので、と続けて言おうとした矢先に、

「ここ、大丈夫ですか?」

と、後から来た参加者に尋ねられ、ノーとも言えず反射的に頷くと、その参加者は遥ときえの間の椅子に腰を下ろした。最初からきえさんの隣に座ればよかったのに、と遥は数分前の自分の不甲斐なさを憎んだ。

間もなくして会が始まったが、テーマトークのテーマは何だったのかはよく覚えていない。「カミングアウト」だったかもしれないし、「出会いと恋愛」だったかもしれない。どっちみち何か結論を出さないといけないものでもなく、話の筋が自由奔放に

脱線しまくり、テーマトークがフリートークになったのだからテーマ自体はどうでもよかった。

会が終わった夕方ごろ、有志で夕食を食べに行こうと誰かが提案し、遥もそれに便乗した。お開きの前にみんなで連絡先を交換しようという話になり、きえの連絡先をやっと入手した遥は心の中でガッツポーズを取った。

桜が散り、曇り空と共に梅雨の足音が近づくと、仕事で壁にぶち当たることが多くなった遥は気が塞ぐ一方だった。

元々文系にもかかわらずシステムエンジニアとして就職したのは、男に依存せず自立したキャリアウーマン像に憧れ、ITスキルを習得して手に職をつけようと考えたからだった。ところが入社したての遥は専門的な仕事を任されるほどのスキルを持っておらず、書類のコピーや会議室の手配やお茶汲みなどの雑用ばかりやらされた。自分の教育係で十歳年上の先輩の田村久《ひさし》は遥の前では、新人の教育なんて七面倒くさいことを任されてたまったもんじゃないと言わんばかりの態度を取っていて、まともに技術も教えてくれようとせず、システムの仕様書のてにをは直しや会議の議事録取りのような瑣末《さまつ》な業務ばかり押し付けた。一方で上司や役員の前ではよく通る声で意味の分からないカタカナ言葉を交えながらプレゼンテーションをし、ペコペコ頭を下げたり気の利いたジョークを口にしたりして喜ばせようと必死だった。

「ひょっとして、意識高い系ひさしのこと?」

きえに仕事の愚痴を零《こぼ》すと、思わぬ返事が返ってきた。

「知ってるの?」

と遥が訊くと、

「うん、友達に誘われて行った合コンで知り合ったの。名刺も交換したよ」

ときえは小さな笑窪を頬に浮かべながら言った。「イノベーションとかコンセンサスとか、横文字多かったよね。俺、出世してやるぜ!ってオーラぷんぷんだったからみんなドン引きよ」

きえはアパレル業界で営業職として勤めている。女性が多い業界だからか合コンもよくやり、友達に誘われると断りづらいらしい。

「はるかちゃんって、LINEとリアルはまるで別人みたい」

面と向かってきえにそう言われた時、顔から火が出そうになった。

LINEでは相手の顔が見えないから遥は問題なくメッセージのやり取りができたが、実際に会うと口ごもりがちで、話題を見つけるのが下手なだけでなく、振られた話に対しても上手く打ち返せないことが多かった。それを見越してかきえはいつもリードしてくれた。デートの場所も、食事のレストランもきえが調べて決めてくれたし、ベッドの上でも遥はきえに身体を預ければよかった。

初めて身体を重ねた日に遥は骨の髄までとろける感覚を知った。互いの肌が雪解けのように一つに溶け合って、血と肉が曝《さら》け出され髪も汗も全てが大空と大地がまだ分かれていなかった頃の混沌状態に戻り、重力に従うままにただただ底なしの淵へ落ちていくかのようだった。重ねてくるきえの唇はとても柔らかく仄かに香り、顔に落ちてくる黒い髪はシルクのように滑らかでひんやりしていた。這い回るきえの指は指揮者のように、遥にも知り得ない身体の機微を知り尽くしている。身体という楽団を預ければ、魔力を帯びているその指は軽やかに掠めていき、五感の交響曲を奏で出す。きえの体温と体重を全身で感じながら、悶えるような喘ぎ声を零し、熱い汗を流し、きえに導かれて宙に浮かび、誘われるがままに別世界に入っていくかのようだった。まるで太古の昔に失った半身を再び体内に取り込むように、きえに抱かれて初めて遥は一人の完全な人間になれた気がした。

「はるかちゃん、初めてなの？」

きえにそう訊かれ、ゆっくり頷くと、「若いのっていいね」ときえは笑って言った。きえは遥より五歳年上だった。遥は自分は年上が好きであることに気付いた。自分をリードし、受け入れ、甘えさせてくれるのは年上でなければならないと思った。思えば自分が高校や大学で片思いした相手も全て年上の人だった。サークルの先輩に学科の先輩、そして女の先生。男なんて要らない。年上の女性がいれば、いや、きえちゃんがいれば充分、と遥は思った。

きえの微笑みが頭から離れない。元々はきえの記憶を薄めるために掲示板で身体を交わす相手を募集したというのに、よりによってきえと一緒に訪れた店に来てしまうなんて。この店にいるとゆーは否が応でもきえの面影を見出してしまう。あの時きえは窓辺の席に座り、カルボナーラに赤ワインを添え、長い黒髪に午後の陽射しが滲み、逆光で顔がよく見えなかった。妙に覚えているのは赤から黄色のグラデーションのマニキュアで、それは爛々《らんらん》と燃え上がる炎にも似て、また黄昏の夕焼けをも想起させた。ロコモコを平らげ、甘酸っぱいピーチソーダを啜っていると、かりんが無言で自分を見つめていることに気付いた。

「どうしたんですか？」

と訊くと、

「いや」とかりんは口元に微笑みを湛え、「あまり喋らないな、と思って」と言った。

「コミュ障なんです」

ゆーは俯き気味に言った。察してよ、と心の中で呟きながら、「ちょっと、トイレ」と席を立った。

ライフカフェは二丁目にありながら見た目では新宿通りや靖国通りにありそうな普通のレストランとほとんど変わりなく、天井からぶら下がる瓢箪型のペンダントライトは薄暗い琥珀色の明かりを降り注がせ、壁はガラス張りで外の景色が見通せる。パスタ、ロコモコやタコライスなど多国籍の料理を提供していて、唐揚げやポテトなど定番の揚げ物もある。アルコールはワインやビールから各種カクテルまで一通り揃っている。店内は分煙にしていて、ゆーとかりんが座っている手前の方は禁煙席で、レジとトイレを挟んで奥の方が喫煙席だ。ドアの横には本棚が設置されていて、セクシュアル・マイノリティ関連の本がずらりと並び、本棚の上には二丁目の地図やＨＩＶ検査の冊子や各種イベントのチラシが置いてあった。店先には観葉植物が幾鉢も並んでいて、中には人間と同じくらい高いものもあり、どれもがクリスマスツリーのように色とりどりのワイヤーイルミネーションが張り巡らされ燦々《さんさん》と点滅していた。

トイレから席に戻った時かりんはスマホ画面をぼんやりと眺めていた。ＬＩＮＥの画面みたいなので誰かのメッセージを待っているように思えたが、ゆーは詮索しないことにした。

「掲示板で、失恋したと書いてあったようですが、どんな方でしたか?」

ゆーが戻ってきたことに気付き、かりんはスマホを鞄にしまい、そう訊いた。

「年上のフェムで、たぶんバイセクシュアルだったと思います」とゆーは答えた。

「たぶん?」

「訊いたことがないので」

ゆーは首を横に振った。「バイセクシュアルってよく分からないんですよね。男が好きになれるのになんで女に走るのか」

そんな言葉を口にした時、ゆーの頭の中にとある幻像が浮かび上がった。長い黒髪をアップスタイルにアレンジし、真新しいウェディングドレスを身に纏い、真っ白な花束を腕に抱きかかえるきえの幻像だった。見たこともない幻の像に気を取られていたから、かりんの顔に微かな影が差したことに、ゆーは気付かなかった。店の扉が開き、ドアベルがチリンチリンと涼しく澄み渡った音を鳴らす。いらっしゃいませ、と刈り上げに眉ピアスの女性店員が爽やかな声で客を店内に迎え入れ、席まで案内した。

「ゆーさんはバイセク、嫌いですか?」

とかりんは透明なレモンサワーに入っているレモンスライスをストローで突きなが

ら、そう訊いた。

「もうバイセクの人とは付き合いません。傷付くから」

言いながら、ゆーは脳裏できえの顔を思い浮かべてみた。が、上手くいかなかった。きえの微笑みや彼女にまつわる記憶の片鱗はしょっちゅう頭の中でちらつくけれど、いざ彼女の顔を思い描こうとすると、なかなか顔の一つ一つのパーツを正確に思い出し、組み合わせることができないことにゆーは気付いた。恐らく自分はいつも俯き気味できえちゃんの顔をちゃんと見ていなかったからだろう、とゆーは思った。


冬を予感させる木枯らしが激しく吹き荒《すさ》ぶ日に、きえが姿を消した。

姿を消したというのは本当は正確ではなく、ただ連絡が途絶えただけだが、遥にとってどれも同じだった。いくらＬＩＮＥにメッセージを送っても一向に既読がつかず、勿論返信も来なかった。連絡がつかなければ会う術もなく、とすると世界から突如消失したのと同じだった。

初めは仕事が忙しくてＬＩＮＥを見る暇がないかとも思ったけれど、一週間が経ち、二週間が経っても既読がつかないのは流石におかしいと思えてきて、遥はメッセージとスタンプを連打したり、無料通話機能で電話を掛けたりしてみたが、やはり連絡がつかなかった。

きえとはとても強固な糸で結ばれていると遥は信じていたが、音信不通になって初めてその糸がどんなに脆くてか弱いものか思い知らされた。二人を繋いでいたのは二台の機器に過ぎず、二台の機器を繋いでいたのは目にも見えないし触れられもしない電波だけなのに、そんな形のないものの上に成り立っている絆を何故強固なものと信じ込んでいたのかと遥は深く悔やんだ。ＬＩＮＥ以外の連絡先も訊いておけばよかった。きえの連絡先はＬＩＮＥ以外に遥は何も知らなかった。連絡はＬＩＮＥで事足りるから携帯番号を訊こうという発想は起きなかったし、いつも外で会っていたから家の住所も知らなかった。アパレル業界勤務と知って会社名を訊いたことがあるが、聞いたことのないブランドと会社なので覚えてはいなかった。きえという名前すら本名かどうか分からないし、勿論本名も訊いたことがなかった。

ひょっとしたら機種変更したからアカウントが使えなくなっただけかもしれないし、海外出張などでネットが使えない環境にいるだけかもしれない。あるいは事故に遭って連絡が取れない状況かもしれない。遥は様々な可能性を思い巡らせ、そのうちきえの方から連絡が来るだろうと自分に言い聞かせ続けた。朝起きると真っ先にＬＩＮＥをチェックし、通勤電車の中でも片時も携帯を手放さなかった。仕事中に携帯画面が何かの通知で灯ると心臓がドクンと躍り出し、関係のない通知だと気付いたらまた落ち込む。そんな繰り返しの中で、世界は悪意に満ちた誰かにスローモーションモードに切り替えられたかのように、遥には一日一日が途轍もなく長く感じられた。

一か月半経った頃、遥はひたすら待つのをやめ、〈キャビン〉で知り合った人に連絡した。しかし誰もきえの行方を知らなかったし、ＬＩＮＥ以外の連絡先も知らなかった。途方に暮れた遥は最後の希望に賭けるしかなかった。

なんとなく自分を避けているように感じていた後輩から呼び出され、田村は怪訝な顔をしていたが、呼び出した遥も十分心の準備が必要だった。

「どうしたんだ？」

会議室で二人きりになると田村は訊いた。いつものようなぶっきら棒な口調だった。

「あのう」

声が微かに震えているのは自分でもよく分かる。「きえさんを、ご存知ですか？」

恐る恐る要件を切り出した遥に、「は？」と田村は間の抜けた声を漏らした。ただ話が見えないから訊き返しただけだろうが、あまりにも素っ気ない口調と仏頂面のせいで遥は縮み上がった。「どのきえさんだよ？」

「先輩が、合コンで知り合ったアパレル業界の人」

田村は暫く呆気《あっけ》に取られた表情で遥をじっと見つめた。遥は俯いたまま田村と視線が合うのを避けた。その人、どこで知り合ったの？　と先輩に訊かれたらどうしよう、と遥は不安でたまらなかった。嘘の設定の一つでも考えてくればよかったと今更ながら自分の無謀さを後悔した。

ふと田村は何か思い出したように、「あ、オルキーヌの人？」と訊いた。その会社名は遥も聞いた覚えがあった。「はい、それです」遥は興奮が隠せなかった。

田村からもらった名刺には「春日希依《かすがきえ》」という馴染みのない、だけれどとても親近感を覚える名前が印字されていた。震える手で名刺に書いてある番号に電話を掛けると、はい、オルキーヌ株式会社でございます、と知らない女の人が営業的な甘ったるい声で言った。はい、あのう。緊張のあまり遥は受話器を落としそうになり、慌てて両手で受け止め、握り締めた。掌から汗が滲み出るのを感じた。はい、何でしょう、と電話の向こうの女性は笑いを含んだ声で訊いた。

「春日さん、いらっしゃいますか」

絞り出した声は激しく震えていた。

「春日は暫く会社を不在にしております」

女性は相変わらず優しい声音を保っているが、その声が幾分警戒を帯び始めたのは遥にも聞き取れた。「どなた様ですか？」

しかし遥にはその質問に答える余裕がなかった。「ど、どうしてですか？」乾いた声で吃《ども》りながら遥は訊いた。

「どなた様ですか？」女性は質問を繰り返した。先刻より一音一音の発音がはっきりしていて、スピードも遅くなった。明らかに厳しくなり、詰問のような響きすら感じられた。

「春日の妹です。春日遥と申します」咄嗟に口を突いて出てしまったその言葉を、遥自身も不思議に思った。隣の席の田村は不審な顔で遥を一瞥した。「姉と連絡が取れないので、そちらに電話させていただきました」それはこれまでの人生で一番すらすら言えた嘘ではないかと遥は密かに思った。

「さようですか。失礼しました」

張り詰めた糸がやっと弛緩を許されたように、女性の声は余裕を取り戻した。「春日さんは結婚休暇を取得しています。連絡が取れないのは、旦那さんと海外旅行に行っているからではないでしょうか。来週には帰ってくると思います」

そこから先の女性の言葉は、遥の耳には全く入ってこなかった。遥の耳にはキーンと甲高い音が鳴り出し、胃の中は小人達がカーニバルの踊りでも繰り広げているように、あちこち引っ掻き回されているように感じられた。思わず空いている手でお腹を押さえたが、心臓の激しい鼓動までは落ち着かせることができなかった。遥の沈黙から何か不審な気配を感じ取ったみたいで、女性の方も喋るのをやめた。二つの受話器を繋ぐカールコードは、ただ空しい無音を運び続けた。

やがてカチャッと電話が切れ、ツーツーツーと無機的な音が鳴り響いた。そのことに遥は気付かず、受話器を手に持ったままいつまでも呆然としていた。

〈ライフカフェ〉を出て、かりんは無言で前を歩き、ゆーは後をついていった。夜が本格的に始まった土曜の二丁目は忙しなく、ひんやりとした外気の中あちこちの雑居ビルで華やかな看板が灯り出し、道行く人々を照らしていた。男の人、女の人、どっちつかずの人。アジア人、欧米人、見た目では生国《しょうごく》が判断できない人。大勢ではしゃぎながら道端で飲んでいる人、二人で熱い視線を交わしながら歩いている人、一人で彷徨《さまよ》ったり壁に凭《もた》れかかったりしている人。

煌びやかなドレスを身に纏って「オカマバーいかがですか」と声がけしているオカマ達の前を通り過ぎ、かりんは仲通りを右折し、小道に入っていった。ライフカフェの裏の番地にある幅二メートル強の狭い小道はL字の形をしており、小さなレズビアンバーが何軒か点在していることもあり、〈Lの小道〉または〈百合の小道〉と呼ばれている。かりんはその中の一軒の扉に手をかけた。

「いらっしゃいませ。あ、かりんちゃん！　こんばんは」

青緑の引き戸を開けると、カウンター内にいる店主が明るい声で挨拶してきた。店主は四十代に見える女性で、長袖のブラウスに水玉模様のネクタイ、そして濃紺のVネックベストを着ていた。パーマをかけた長い茶髪は適度に波打っていて、ブラックライトで群青に染まった店内で毛先が鈍く瑠璃色に光っていた。

「なつこさん、こんばんは」

かりんは席に腰を下ろし、「いつものカクテルをください。あとなつこさんもなんか好きなもの飲んでください」と言った。

「ありがとう。いつものマリブサーフね」

なつこと呼ばれた店主は優雅な微笑みを湛えた。「かりんちゃんはほんとにマリブサーフが好きなんだね」

「味というより、色がですけどね」とかりんは微笑み返した。「ポラリスの照明にとても似合います」

店先に置き去りにされたゆーは頭を上げると、北斗七星が描かれる看板には店名

「ポラリス」の文字が書いてあった。ホテルに連れて行ってくれると思ったのに、まだ飲むのかよ。しかも「いつものカクテル」とか「なんか好きなもの飲んでください」ってどんだけ常連だよ。ゆーは心の中で愚痴を零しながら、店に入っていった。

定員七人の狭い店内にはカウンター席しかなく、カウンターはL字の形をしていて、Lの短辺に当たる奥の席には先客が二人座っていた。席を一つ空けて、かりんはLの長辺に座っていたから、ゆーはかりんの右隣の席に腰を下ろした。カウンター内には店主以外にもう一人、二十歳そこそこの女の子がいて、奥に座っている客と話していた。店主はリキュールをメジャーカップに注いだりバースプーンでグラスを掻き混ぜたりと忙しかった。

「彼女は最近、男に告られてて悩んでるって」

一番奥の席に座っている栗色の長髪の女の子は隣のボーイッシュな女の子を指さしながら、ハキハキとカウンター内の子に話した。

「本当にどうすればいいのか分かんないよ」

ボーイッシュな子はカウンターに顔を伏せて半分やけっぱちな口調でそう言った。地方出身なのか、どこか舌足らずな話し方だった。

「はい、お待たせ、マリブサーフでーす」

語尾を伸ばしてそう言いながら、店主はレモンスライスを添えたグラスをかりんに差し出した。グラスには透き通った青色のカクテルが入っていて、ブラックライトの照明で深海のサファイヤのような色をして輝いていた。店内の照明で正確な色は分からないが、店主は肌の白い方ではなく、夏の陽射しをよく知っているような肌だった。しかし顔はかなり整っていて、眉毛は綺麗なアーチ形をしているし、目は大きく、鼻は小さい。何より笑っている顔が優しく、見ていると和むような雰囲気を漂わせている。

「こちらは彼女さん？」

やっとゆーに気付いたようで、店主は手でゆーを示しながらかりんに訊いた。

「ううん、ネットで知り合ったんです。今日初めて会いました」

「ネットで簡単に出会えるなんて、ほんとに良い時代になったね」

店主はゆーにはやや大げさに見えるテンションで笑いながらそう言った。「何飲みますか？」と店主はゆーに訊いた。

「それは何ですか？」ゆーはかりんのカクテルを指さして訊いた。

「マリブサーフ。夏の味がしますよ」

とかりんは言った。「ゆーさんは夏が好きなんでしょ？　飲んでみたら？」

さっき味はあまり好きじゃないって言ったのに？　とゆーは心の中で呟いた。それに飲んでみたらって言っているのだから一口くらい味見させてくれてもいいのに、全く飲ませてくれようとしない。

ピーチソーダをください、と頼んだ後にゆーは黙り込んだ。かりんが話しかけてこないから、ゆーは奥の女の子達の話に耳を欹《そばだ》てることにした。三人の話から分かったのだが、カウンター内の子はあきらと言い、栗色の髪の子はりほ、ボーイッシュな子はゆきと言うらしい。三人とも女子大生だが、あきらはポラリスでバイトしている店員で、りほとゆきは大学の同級生だそうだ。それと、りほかゆきか、どちらかに恋愛感情がないらしい。恋愛感情がないというのはどういうことかゆーにはよく分からないが、だったら何故わざわざ二丁目に来るんだろうとゆーは思った。

身体目的で掲示板で募集をかけたのに何故こんなところで黙々と酒を飲んでいるのだろう、とピーチソーダを啜りながらゆーは思った。かりんが話しかけてくれないから自分からも話しかけづらい。かりんだって身体目的で連絡してくれたはずなのに何をやっているのだろう。何歳も年上なのに年下をリードしてくれないなんて、こんなんじゃただの冴えないアラサーじゃないか。

ゆーはゲイの人が羨ましかった。異性愛者の人なら出会いの場はいくらでもあるが、同じ同性愛者でもレズビアンよりゲイの方がずっと出会いやすいし、一夜限りの関係も探しやすいと聞いたことがある。身体だけの関係を探すための発展場もあちこちにあるらしい。昔なら上野の「男娼の森」や明治神宮外苑の権田原《ごんだわら》、今でも各地にゲイ向けのサウナがある。女同士の場合、男が荒らしに来たりゴシップ記者が紛れ込むのを警戒しているためか、リアルではそういう場がほとんどない。ネット上でもネカマやなりすましに怯えたり、女の矜持《きょうじ》というものに囚われたりして、出会いを求めることに積極的になれる人間が少ないように思う。

どれくらい経ったか、「いらっしゃいませ」という店主の声でまた客が入ってきたことにゆーは気付いた。二人連れの客でどちらも大人っぽく、二十代後半か三十代前半に見える。片方は首にかかるくらいの黒いショートで、もう片方は肩までかかる長い焦げ茶色の髪を右分けして左に流していた。二人はゆーの右隣の席に座るや否や、ゆーには分からない言語で喋り始めた。メニューを読んでいるから、何を注文するか話し合っているらしい。暫くしてから、長い茶髪の女が「ジントニックとカシスオレンジをください」と日本語で注文した。

「はいよ」と店長は笑いながら言った。「お二人はどちらから？」

「台湾です。私は日本に住んでいるけど、彼女は観光で」

と、茶髪の女がやや訛った日本語で答えた。ショートの女は日本語が通じないらしく、ただ黙っているだけだった。

「台湾ね。最近二丁目は外国の方も増えているからね。オリンピックのおかげかな」

店長はそう言いながら、カクテルを作り始めた。

「台湾ですか？」とカウンターに伏していたゆきは頭をもたげ、かりんとゆーを隔てて二人の女性客に話しかけた。

「はい、台湾です」と茶髪の女が答えると、三人は中国語と思われる言語で喋り始めた。なんだ、彼女も外国人か、とゆーは心の中でゆきの舌足らずの日本語について合点が行った。

しかし分からない言語が飛び交う中で挟まれているのはなかなかきついものがあった。自分の右と左に座っている人達の間でちゃんと意思疎通が成り立っているのに、自分だけが言葉の意味から置き去りにされているのはとても気まずかった。かといって「席、替わりましょうか」と自分から言い出す勇気も持てなかった。同じく中国語が分からないはずのかりんはと言えば、何か物思いに耽っているようで、ただ黙ってスマホを弄っているだけだった。

お酒を飲んだせいでゆーはまた尿意を感じ、店の奥にある小さなトイレへ入っていった。席に戻ってきた時、「じゃ、そろそろ帰りますね」とかりんは言い、両手の人差し指をクロスさせながら店主に「締めお願いします」と声を掛けた。

ゆーは呆気に取られて暫く反応できなかった。「お友達も会計でいい？」と店主に訊かれてかりんは、「ゆーさんはどうします？」と訊いてきた。

ゆーにはその質問の意味が分からなかった。

「もう帰るんですか？」

きょとんとしながら訊くと、「うん、明日も予定あるし」とかりんは言った。ホテルに行くんじゃないの？　身体目的で会ったんでしょ？　などと流石に人前では訊けず、ゆーも会計を済ませかりんと一緒に店を出た。

夜が深まるほど賑わう二丁目はより一層薄汚くも鮮やかな光に包まれ、ところどころ重低音のきいたクラブミュージックが漏れ聞こえてくる。人気店の店先には十数人がバーテーブルを囲んではしゃいでいる。賑わう街の風景とは裏腹に、ゆーは狐につままれたような気分でただ茫然とかりんの後をついていった。刺すような寒風にゆーは身を縮ませ、猫背になりながら歩いた。

仲通りの南端に着くと目の前は新宿通りで、車の群れがヘッドライトを輝かせながら絶えず流れていく。信号の前でふとかりんが立ち止まり、

「なんでついてくるんですか?」

とゆーに背を向けたまま訊いた。

「なんでって」

ゆーは何を言えばいいか分からず、立ち止まって無言でかりんの背中を見つめた。二人の間で沈黙が暫く続き、それは背後から伝わってくる二丁目の喧騒と目の前で流れていく車のエンジン音に細切れに刻まれていく。

「もう、あんたってほんとにイライラするんだよね」

突如かりんは振り返り、ゆーに言い放った。「失恋したから慰めてほしい、年下だからリードしてほしい、傷付くからバイセクとは付き合いたくない。何でも自分のことばかり考えてるくせに、自分からは何も行動を起こせない、人が何かやってくれるのを待っているだけ。いい加減、自分が世界の中心じゃないって気付けば?」

急に捲し立てられて、ゆーは一瞬びくっとした。たじたじとなりながら目を凝らすと、かりんはぎょろりと剝いた目でゆーを睨んでいた。その眼差しに射貫かれ、ゆーは困惑しながら弱々しく反論した。

「世界の中心なんて、思ってないけど……」

ゆーの声が小さく、それを聞き取れたのか聞き取れなかったのか、かりんは更に畳みかけた。

「失恋って誰だってするもので、毎日世界のどこかで起こっていることで、全然偉くないし、悲劇でも何でもないんだから、誰も甘えさせてあげる義務なんてないんだよ。年上が好きだって言うけど、ただ甘えたいだけでしょ?」

あなたに私の何が分かる、何も分からないくせに何でそんなことが言える、とゆーはぼうっとした意識の中で反射的な反発を覚えたが、口にはできなかった。

「付き合っている人が他の人と結婚するのって確かに辛いけどさ、選ばなければならない本人だって辛いんだよ。それにそんなことしょっちゅうあるしこれからも立て続けに起こるだろうから、耐えられなかったらセクマイなんて早くやめた方がいいよ」

やめられるもんなら私だってやめたいよ。男が好きになれたらきっとその方が百倍楽に違いないし、誰も好き好んでセクマイなんかに生まれついたわけじゃないのに。

かりんの挑発が誘い水となり、自分がこれまで丹念に心の奥底にしまい込んでいたそんな本音にゆーは気付いた。自分は少しも強くないし、強くなんかなれない。誰かに頼りながら生きるしかない。しかし男に頼るという選択肢は初めから奪われていて、頼らせてくれる女は結局のところどこにもいない。近年ＬＧＢＴだのＳＯＧＩだのＰＲＩＤＥだのがあまりにも持てはやされているから、自分もテレビに出ている活動家のように強く楽しく一人前にならないといけないとゆーは思っていた。強く楽しく生きている人もいるのだから、そんなふうになれないのは自分の責任だと思わされていた。しかし現実の高い障壁を目の前にして、自分を肯定することはゆーにはあまりにも難しかった。

言いたいことをぶちまけた後、これ以上言うことはないとばかりに、かりんは踵《きびす》を返し、黙ったまま新宿駅の方角へ去っていった。その背中が見えなくなるまで目で追いながら、ゆーは信号の前で立ち尽くした。

春が過ぎ、日が沈み、二丁目の夜はまだ始まったばかりだった。振り返ると、青白い街灯と色鮮やかな看板の灯りが闇にぽっつり浮かび上がっていた。それらの光を浴び、多くの黒い影が群れたり離れたりしながら仲通りで揺れていたが、やがて視界の端で滲んでぼやけた。

太陽花《ひまわり》たちの旅

今でも目を閉じると、大きな青天白日満地紅旗に覆い被さる孫文の肖像画が顔怡《イエンイー》君《ジュン》の脳裏に浮かぶ。肖像画と国旗の両側にあるドアは椅子を積み上げてできたバリケードで塞がれ、その周りには黄色地に黒い文字で書かれた様々なスローガンの横断幕が乱雑に掲げられていた。窓がなく、吹き抜けの白い天井に何列もの蛍光灯が四六時中無機質な光を振り撒くせいで、昼と夜の区別がつかない。孫文の肖像画の真ん前にある議長席に積まれた太陽花《ひまわり》の束、その鮮やかな黄色は四年経っても時たま彼女の夢の中で蘇る。

「怡君、もう眠いの？」

游文馨《ヨーウェンシン》に声を掛けられ、怡君は座ったまま沈みかけていた微睡みから、群青の光に包まれる店内に引き戻された。左に座っていた二人の日本人はもう店を出たらしく席にはいなくて、奥の方に座っている中国人の蘇雪《スーシュエ》はまた気怠そうにカウンターに頭を預けていた。

「あ、ちょっと疲れちゃったみたい。ごめん」

ジントニックが入っているグラスを口に近付け一口啜り、怡君は言った。それもそのはず、滞在予定が僅《わず》か四日間の観光客である怡君のスケジュールはびっしり詰まっていて、毎日あちこちを歩き回ってとても慌ただしかった。昨日はだだっ広くてとにかく人が多いディズニーランドを一日中歩き回ったし、今日も浅草寺周辺散策に加えてスカイツリーと東京タワーのダブルタワーに登り、そのあと新宿二丁目に来て店を二軒ハシゴしたのだ。疲れるのも道理である。明日日曜日には三鷹の森ジブリ美術館まで足を延ばし、その後はとんぼ返りで成田空港へ直行し、夜の飛行機に乗って台湾に帰る予定で、月曜からまた仕事が始まるのだ。

東京に住んでいる文馨がついていてくれなかったら、五十音すら読めない自分は今頃東京の夜を彷徨っていたのかもしれないと怡君は思った。東京の冬は雨が多い台北みたいにじめじめしていなくて出歩くのは別に苦にならないが、言葉が全く通じないというのはやはり少し心細い。

文馨は大学時代からの親友で、かれこれ十年近くの付き合いだ。昔は怡君と同じで日本語が全くできなかったけれど、三年半前に英語で修士号が取れるアジア地域研究コースに合格して来日し、今や博士課程の学生で、ぺらぺらな日本語を駆使し、有名な観光スポットのみならず新宿二丁目のような夜の街すらお手のものにしている。少なくとも外来者の怡君にはそう見えている。

「ここは〈リリス〉と言って、新宿二丁目のレズビアンバーの中で一番有名な店で、観光客にも人気」

〈ポラリス〉の扉を開ける前に、怡君と文馨は〈リリス〉という店を訪れた。路地のコーナーに居を構え、扉の前に大きなレインボーフラッグが垂れ下がっている店を指さしながら、文馨が説明してくれた。「でも、ウーマンオンリーだとやはり経営が厳しいみたいで、最近は男性客も入れるミックスバーになったの。まだ女が九割だけど」

言い終わると、文馨は扉を開け、店の中へ入っていった。怡君もその後に続いた。

経営上の事情とはいえ、女性限定よりもミックスバーという在り方の方が怡君にはしっくり来るように思われた。自分が男に恋愛感情を抱くことは恐らくないだろうと怡君は考えているが、かといって男と女の境界線を描けと言われたら、どこにその線を引けばいいか怡君にもよく分からない。境界線が描けないところに無理やりその線を入れるという行為は、必ず誰かを引き裂く結果になるので、怡君にはそれがどうしても暴力的に思われた。

　かつて高校や大学の頃の怡君にとって、男女の区別は自明なもので、疑問を感じる余地がなかった。XXとXYは違うし、内外性器の形も違うのだから、間違えようはずがない。そして怡君に魅力を感じさせ、欲情させ、抱きたいと思わせるのはいつも女に分類される人達、つまりはXXの人達だったし、これからもきっとそうに違いない。アイデンティティの揺らぎで苦しむ中学時代を乗り越えた後、怡君は一点の曇りもなくそう信じていた。性別がどっちつかずの人達もいることは知識としては知っていたが、それはマイノリティとすら呼べないほど限られた個体に過ぎず、「例外」という言葉で簡単に片付けてしまえるくらいのものだった。そして「例外」というのは自分とは無縁の存在だと怡君は思っていた。今はもうそう思わない。

　土曜のリリスはとても賑やかで、まだ八時過ぎにもかかわらず三十平米くらいの空間に二、三十人も入っていて、互いのパーソナルスペースを分かち合いながらお酒と会話を楽しんでいた。照度を落とした赤みがかった青紫色の照明が人々に陰翳を纏わせ、ディスコボールの艶《あで》やかな無数の光点が壁や天井を伝いながら緩やかに室内を移ろい行く。店の奥の木質の壁にはディスプレイが嵌め込まれた形で設置され、片仮名ルビ付きの洋楽のカラオケが流れていて、ディスプレイの前の狭いステージスペースには何人かがメロディに合わせて踊っていた。カラオケを歌っているのはカウンター席付近に立っている白人女性の三人グループだった。一本しかないマイクを三人で身を寄せ合って囲い、音程がしょっちゅう外れるしリズムも合わないが、それでも目を閉じて身体を揺らしたり腕を振ってリズムを刻んだりして無我夢中に熱唱している。その周りにいる数人の若い女の子も手拍子を取りながらはしゃいでいた。

カウンターの方から金属の耳ピアスを何個もつけているボーイッシュな店員が飲み物を運んできた。文馨は梅酒を、怡君はハイボールを頼んだ。二人は店の隅っこに取り付けられているウォールシェルフの上にグラスを置き、その前の丸椅子に鞄を下ろした。

「どうぞ」

一旦席を離れた文馨は戻ってきた時に、ポップコーンを山盛りにしたガラス皿を手にしていた。「この店、ポップコーン食べ放題よ」

「優しい店だね」と怡君が言った。二丁目の店の多くはチャージがかかると聞いているが、リリスはノーチャージの上に無料でポップコーンも食べられるとは、なんてお得。

塩味のポップコーンを摘まみながら、怡君はくるりと店内を見回した。店員は二人いて、一人は二十代後半に見えるボーイッシュな人で、もう一人は三十代に見えるロングのフェムさん、二人ともカウンターの後ろでお酒を作っていて、お客さんとは会話していない。カウンター席にも客が座っているが、客同士で盛り上がっている模様だった。外見だけ見れば、客はおよそアジア系が八割で欧米系が二割といったところで、文馨が言った通り女性がほとんどで、男性は三、四人くらいしかいない。「くらい」というのは、見た目だけでは男なのかレズビアンのボイさんなのか、はたまたFTMさんなのか判断がつかない人が何人もいたからだ。多くの客は知人や恋人と一緒に来ているようで、それぞれペアやグループでグラスを片手におしゃべりしている。カラオケは流れているが、話し声が聞こえないほどうるさくはなかった。

「台北ではこんな店があまりないよね」

ハイボールの入ったグラスをゆっくり揺らして氷がぶつかる音を聞きながら、怡君は文馨に言った。台北のレズビアン向けの店と言えば中山区《ちゅうざんく》にある〈ウィスパー〉というところくらいだが、バーというよりクラブで、入場料五百元払えばお酒は飲み放題というシステムだから、必ずと言っていいほど毎回酔い潰れたりゲロを吐いたりする人がいる。タバコの臭いが充満する店内では常に大音量のクラブミュージックがかかっていて、囁き声《ウィスパー》ではなく叫び声《シャウト》でなければとても声が聞こえないから、雑談にはとことん向かない。ゲイタウンと言えば西門町《せいもんちょう》にある紅樓《ホンロウ》も有名だが、ほとんどがゲイ男性向けの店だから怡君はあまり行ったことがない。

「お酒を飲む文化があまりないからじゃないかな」文馨が梅酒を啜りながら言った。「ここ、みんな連れで来ていて内輪でおしゃべりしているみたいだね。誰も話しかけてこない」

「だからこっちから声をかけるのよ」

お手本を見せてやろうというふうに文馨は立ち上がり、グラスを片手に近くのテーブルに行って、そこに向かい合わせで座っている二人にグラスを掲げ、乾杯を誘った。乾杯の後、三人は何か雑談を始めた。二人ともアジア系で、一人は首にかかるくらいの茶髪ショートのフェムさんで、見た目では怡君達より少し年上に見えた。もう一人はスポーツ刈りのボイさんで、外見はややごついけれど顔自体は若く、およそ二十代前半と思われた。怡君もついていったが、三人が交わした日本語の会話が理解できなかった。日本語が分からない怡君に文馨が配慮してくれたのか、暫くしてから会話は英語に切り替わった。

「ビンゴ。彼女は一人で来てるの。ユキナって言う」

茶髪ショートの女性を指さしながら、文馨は中国語で怡君の耳元で囁いた。「誰かと一緒に来てる人と、一人で来て初対面の人間と話してる人とで、表れる距離感みたいなものが違うから、それを見分けられれば誰に話しかけるべきかが分かるのよ」

「さすが、高度なテクニックだね」

「お褒めに与り光栄よ」

それから四人は暫く英語で話した。ここ二日間街で耳にしてきた聞き取りづらい日本語訛りの英語とは違い、ユキナの英語はとても滑らかで分かりやすかった。気になって出身を訊いたら、両親とも日本人だが幼い頃から一家はオーストラリアに引っ越したため、日本語より寧《むし》ろ英語の方が得意だという。普段は世界中を旅しながら絵を描いていて、今回たまたま東京を通りかかったとのことだった。

話が弾むと、スポーツ刈りのボイさんはだんだん英語の会話についていけなくなったようで発言の頻度が減り、暫くすると会釈をして席を立ち、グラスを手にしながら席を離れた。どうぞお座りくださいませ、というふうに文馨は芝居がかったジェスチャーをしたので、怡君は空いた席に腰を掛けた。

「で、」

左腕で頬杖をつき、右手で金色のビールが入ったグラスを揺らしながら、ユキナは穏やかな微笑みを浮かべて二人に訊いた。「あなた達はどこから来たのかしら?」

「台湾。台湾って分かるかな？」と怡君が訊き返した。「太平洋に浮かんでる小さな島」

「もちろんよ。台湾ね。アジアで初めて同性婚を認めることになる場所」

そう言って、ユキナはお酒を一口啜り、そして何か思い出したようにくすっと笑った。「何年か前にニュースで見たけど、学生達が国会を占拠したって？」

「ああ、ひまわり学生運動《Sunflower Student Movement》」まさか日本のレズビアンバーでそんなことが話題に出るとは夢にも思わなかったから、怡君は一瞬気まずくなり、返答に困った。「もう四年前のことだけどね」

「色々な国を旅してきたけど、学生が国会を占拠するのって他に聞いたことがない」

ユキナは興味深そうに怡君の顔を眺めた。ユキナには大きくて黒い瞳があることに怡君は気付いた。その瞳は見た景色や人を素早く掠め取っていき、記憶なり経験なり、自分の内なるものの一部に転化してしまえるような、研ぎ澄まされた鋭さがあった。真っ黒な双瞳《そうどう》だったが、それに見つめられていると恰《あたか》も眩しいスポットライトに照らされているように、逃げも隠れもできなくなったような感覚に陥る。「あなたは若く見える。ひょっとしたらあなたもあの時占拠に参加した？」とユキナが訊いた。

「まあね」

顔が火照ったのを隠そうとして、怡君は何ということはないというふうに肩をすくめながら答えた。「あの運動で、色んなものが変わった」

「例えば？」

「例えば、政治の傾向、政権そのもの、そして」

怡君は少し間を置き、暫く言葉を探した。しかしあの運動が自分にもたらした影響は二言三言では到底言い表せそうにない、そう悟った怡君は深く語るのを断念した。水が冷たいのか温かいのか、その温度は飲む人にしか分からない。隣にいる文馨もこの話題には触れまいというように、口を閉ざしていた。「たくさんの人生。たぶん」

「そう」ユキナは怡君を見つめたが、彼女の言い淀みを察したのか、それ以上深くは訊かなかった。ユキナは手にしていたビールを飲み干し、カウンター内にいる店員に向かって手を掲げ、日本語で何かを頼んだ。そしてズボンのポケットから淡いピンク色の箱を取り出し、煙草を一本抜き出して口に咥え、火をつけて一口深く吸い込んだ。

会話が止まったことに怡君は少しばかり気まずさを感じたが、何を話せばいいか分からなかった。文馨も何かを喋ろうという素振りを見せなかった。暫くして店員が何かのカクテルを運んできたので、ユキナはそれを受け取った。そして何か物思いに耽ったように、黙ったままテーブルの横の窓に目を向けながら、カクテルをちびちび啜った。ユキナにつられて、怡君も窓の外に視線を向けた。

店内は依然として音楽や歌声や話し声でさんざめいていて、色とりどりの光が目まぐるしく流転しているが、それとは裏腹に、窓の外では夜の黒が次第に深まりつつあった。濃墨《のうぼく》のような暗い夜を見つめていると記憶の錨が引き上げられ、あの決定的な夜の情景が怡君の記憶の川底から蘇った。


太陽がすっかり沈み、夜の黒がますます濃厚さを増していった頃のことだった。先《せん》鋒《ぽう》の学生と社会運動家達が立法院の塀を飛び越えて敷地に立ち入り、ミゼットカッターで議場の窓を叩き割って乗り込んだ時、怡君は泊まり込みのつもりで会社にいて、財務諸表と睨めっこしながら第一四半期の業績をどうすればよく見せられるか考えていた。

「国が売られようとしてるのに残業なんかしてどうすんのよ」

深夜に鳴り出した電話で文馨はきっぱりと言い捨てた。「早く来てちょうだい、議場内で待ってるから。物資が足りないからなるべくたくさん持ってきて」

当時、政権を握っていた国民党の立法委員が三十秒で「海峡両岸サービス貿易協定」を強行採決したのがそもそもの発端だった。中国とのサービス貿易の自由化を主旨とした協定だが、小さな台湾に対して中国の人口と資本があまりにも巨大だったことに加え、台湾を国際社会で孤立させようと外交的圧力を方々にかけてきた中国当局への台湾人の反感が日に日に強まっていた。そのため、金融、医療、通信、出版など広汎にわたるサービス業まで軽率に自由化すると、資金と人材が流出し、中小企業が潰れ、台湾人の個人情報が中国当局の手に渡り、出版社やマスメディアが買収されて言論の自由まで脅かされかねないと民間は協定の締結に慎重だった。そんな中で、政府と与党は説明責任を果たすことなく、ただひたすら協定の必要性を強硬に主張することにとどまった。積もりに積もった政権への不信感は、協定の強行採決が着火点となり、ついに爆発したのである。

家に帰って動きやすい服に着替え、家中の充電器とモバイルバッテリーを鞄に放り込んだ後、近所の二十四時間営業のスーパーへ買い出しに行った。ミネラルウォーター、クラッカー、食パンとチョコレートを詰め込んだ袋を両手にぶら下げながら怡君が立法院に着いた時、青島東路《チンダウドンルー》側の鉄柵ゲートは既に集まった群衆の手によって外されていた。立法院の敷地内外には国会占拠の報を聞きつけて応援に駆けつけた市民で溢れ返っていて、押し合い圧し合いしながら「警察は立ち去れ」「国会を人民に返せ」などのシュプレヒコールを上げていた。あちこちでスマホ画面の光がポツポツと浮かび、カメラのフラッシュがひっきりなしに闇を劈《つんざ》き、歓声と拍手が沸き上がり、初春にもかかわらず渦巻く熱気は真夏さながらだった。敷地内で等間隔に並ぶつるりとした椰子の木は白亜の議場を閉じ込める柵にも、まためらめらと燃え上がる群衆の激情を静かに見守る無言の巨人にも似ていた。議場の出入り口は中から塞がれている上に外でも警察官が立ちはだかっているため、二階のバルコニーにかかっている長い梯子が議場に入る唯一の手段だった。バルコニーの上は既に十数人の学生や市民が占拠していて、彼らの協力を得て怡君はやっと二階の窓から建物に入った。

「遅いよ」

二階に入ると文馨がそこで待っていた。二階からは一階の議場が一望でき、テレビの中で立法委員がよく取っ組み合いの喧嘩を繰り広げる議場が二、三百人の学生や運動家によって占拠されたその光景を見て、怡君は妙な感動を覚えた。

「警察はもう何度も強制排除を試みたのよ」

文馨に先導され、机や扇風機などが乱雑に積み上げられている階段を辛うじて乗り越えて一階に降りた。議場の八つのドアはほとんど塞がれていて出入りが可能なのは一つしかなく、大学生に見える険しい顔をした数人の門番が警備に当たっていた。その周りには警察がわんさとうろついていてあちこちで物々しい空気が漂っていた。門番に身分証を見せ、来意を伝え、持ち物検査を受けた後、やっと議場入りを許された。

議場に入る前に、怡君はめちゃくちゃに混乱した抗議活動の現場を想像していた。至るところに落書きがあり、割れた窓や酒瓶の破片が散らばり、卵の汁液が筋を引いて垂れ、壊された設備や備品がそこら中に転がっていると思っていた。

ところが想像とは違った。議場内は空気がどんよりと蒸れていて、饐《す》えた汗の臭いが煙草の臭いに混じって立ち籠めていたが、ある種の秩序は保たれていた。議長席の後ろは学生リーダーやNGO主要メンバーなどが鎮座する司令本部で、向かって右側には運動参加者からの相談を受ける総合受付カウンターと、物資を一元管理・分配する物資班と、白衣の医学生や医療機関の従業員がいる医療班が設置されていた。議場内の椅子がほとんどバリケードとして使われているから、人々は床に座ったり、リュックを枕にして横になったりしていた。他にも警備班、情報班、翻訳班、清掃班、法律サポート班などの分担があり、役割に割り当てられた人はそれぞれ仕事に集中していて、役割分担がないあるいは目下やるべき仕事がない人はおのおの雑談したり、仮眠を取ったり、本を読んだり、絵を描いたり、横断幕やプラカードを作ったりしていた。警察の突入に備えて非暴力的な抵抗手段を練習している人もいたし、報道用カメラを肩に担いで場内を歩き回る記者らしき人もいた。

持ってきた物資を物資班スタッフに渡すと、スタッフが点検し始めた。モバイルバッテリーがあることに気付くと嬉しそうに顔を綻《ほころ》ばし、

「暁虹《シャウホン》、早く来て。モバイルバッテリーがあったよ！」

と誰かに向かって叫んだ。すると一人、ひょろりと長身の女の子が議場の後ろの方から小走りしてきた。女の子は怡君達と同じ二十代前半に見えるが、身長は怡君よりかなり高く、一七〇センチくらいはありそうだった。全体的に痩せ細っていて、鎖骨や腕の血管がくっきりと浮かび上がり、長い黒髪は首の後ろにまとめていた。

「ありがとう。電池切れ寸前だから、助かったよ」

暁虹と呼ばれた女の子は怡君ににっこりと微笑みながらそう言った。「充電がないと私、ほんとに何もできないからね」

モバイルバッテリーを受け取って女の子はまたいそいそと元の場所に戻った。警備班の文馨も自分の定位置に戻った。他にやることもないので、好奇心に駆られて怡君は女の子の後ろについていった。何故かは分からないけど、その女の子に怡君はなんとなく惹きつけられていた。怡君がそれまで付き合った女の子と比べて、その女の子は特段綺麗というわけではないけれど、何か特殊なオーラを纏っているように感じられた。鼻が尖っているその女の子は顔の輪郭がくっきりしていて、丹念に手入れして

いるであろう眉毛は二本の虹のように見えた。二重瞼からは長くて濃密な睫毛が生えていて、前髪はぱっつんだった。フェミニンな見た目の印象とは裏腹に中性的なハスキーボイスの持ち主で、その声はある種の鋭気すら感じさせるものだった。なんといっても両の瞳には、自分には窺い知れない深い事情とそこから来る哀しみと、それらとは正反対の、あるいは背中合わせの、極めて純粋で一途なものが宿っているように感じた。

暁虹の席にはノートパソコンとタブレットが一台ずつ置いてあった。横向きに立ててあって議場全体の様子を録画しているらしいタブレットにモバイルバッテリーを接続すると、暁虹はノートパソコンの前の椅子に腰を掛け（そこだけ椅子が置いてあった）、高速でタイピングを始めた。あまりの速さで指先に残像を見たような気さえした。

「じっと見ないでよ」

暁虹は振り向きもせず、手元の動きを止めもせず、ポツリと言った。しかしそれは怡君にちょうど聞こえるくらいの声量だった。「メイクしてないから恥ずかしい」

「恥ずかしくない」と怡君が言った。「私なんか二十四時間以上お風呂に入ってない」

「ここにいるほとんどの人がそうよ」

暁虹はやっとキーボードを叩く指先を止め、怡君に振り向いた。「社会運動は初めて?」

「二回目かな」と怡君が言った。「去年の十一月末にも立法院に来た」

「去年の十一月末ね」

それだけで暁虹は全て了解しているような微笑みを浮かべて、何回か小さく頷いた。

「私も行きたかったけれど、訳あって行けなかった」

前年の秋、十月初旬に同性婚法制化を含む民法改正案の草案が立法院で提案され、それが引き金となって反対勢力の動きが激化していた。キリスト教会を中心とした反対勢力は豊かな人的・物的資源を動員し新聞に広告を出したり、ネットにプロパガンダ動画を上げたりして、法案が可決されると伝統的な家庭観が崩壊し、エイズが蔓延《はびこ》り、道徳倫理が低下して猥褻と乱交が常態化し、次世代の子供達が不幸に陥るなどとあることないことを吹聴していた。挙句の果てに十一月末に全台湾から三十万人を動員し、総統府前の凱達格蘭《ケタガラン》大道《たいどう》に結集してデモを行うことになった。そのカウンターとして、婚姻の平等化を主張するセクシュアル・マイノリティ団体も同日に動員を呼びかけた。国家図書館前で結集し、凱達格蘭大道の近くにある外交部前まで行進してそこで記者会見を開くという段取りで、文馨に誘われ、怡君もその呼びかけに応じたのだ。

しかし凱達格蘭大道の近くで、反対勢力のピケ隊に遭遇した。白い帽子を被り、マスクで顔を隠し、赤地に白い文字で「糾察隊《ピケ隊》」と書かれた腕章を左腕につけている相手は約百人くらいいて、そのうち半分が互いの手を繋いで人間の壁を作り、怡君達を凱達格蘭大道に近付かせまいと道路に立ちはだかっていた。残りの半分はその行動を制限しようと小さな円陣を幾つも組んで怡君達を取り囲んだ。結局怡君達は凱達格蘭大道には近づけず、記者会見の場所も予定の外交部前から国家図書館前に変更した。その後は迂回して立法院まで進み、立法院前でピンクのプラカードで「婚姻平權《婚姻の平等》」の人文字を作り、撮影を行って解散した。

「三十万人もの人間が陽射しの下に出てきて、私達に結婚の権利を与えるべきではないと訴えたんだよ。悲しくなっちゃうよね」

と怡君は言った。言いながら鼻の奥がじんと痛み出すのを感じた。暁虹とは初対面だったにもかかわらず、不思議と彼女には何でも話せるような気がした。暁虹は何でも受け入れてくれる大きな器の持ち主だと何故か直感的に思った。彼女が手首にレインボー色のビーズブレスレットをつけているのを見たからかもしれない。あるいは単に学生が議場を占拠するという空前の事件に自分が関わっているということから来る高揚感と結束感のせいかもしれない。

「三十万人と彼らは言うけど、実際はそんなに多くないでしょ。写真を見たところ、せいぜい十万人だったよ」と暁虹が言った。

「数の問題じゃない」

怡君は少し間を置いて、言いたいことを頭の中で整理した。しかし何故か頭がぼんやりしてきたように感じた。白い靄みたいなものが頭の中でかかっていて、思考の邪魔をした。「私は高雄《たかお》出身で、中学まで高雄の田舎にいた。小学校の時、制服のスカートを穿くのがいやで、それで担任の先生に掌《てのひら》を叩かれたことがあった。中学に上がり、自分の名前の意味が『夫を喜ばせる』なのを知って、名前を変えたいと両親に言ったらこっぴどく叱られたこともあった。初めて同じクラスの女の子が好きになった時は一人で散々悩んで、やっと勇気を振り絞ってスクールカウンセラーの先生に打ち明けて相談したら、『君がもし本当に同性愛者になったら親がどんなに悲しむか分かってるのか』と厳しく諭されたこともあった。

高校から台北に来て、周りにフレンドリーな理解者が増えたから、昔あったことを忘れかけていた。しかしあの日、私は確かにあからさまな悪意を向けられていた。五人のピケ隊員の円陣に囲われた時、私は彼らに訊いたの。『私はあなた達と同じ人間なんです。この島に住み、税金を払い、働きながら普通に暮らしています。あなた達とどこが違うんですか？　何故私の権利を奪おうとするんですか?』って。相手のピケ隊員の中には私と同い年くらいに見える女の子もいた。私は彼女達の良心に訴えかけたかった」

言いながら、頭の中の靄がどんどん広がっていき、思考を司る核が宙を浮遊し始めたのを感じた。それでも心の奥底から湧き出てくる言葉は止められなかった。

「でもいくら喉を嗄《か》らして言葉を尽くしても、彼ら彼女達はただだんまりを決め込んでいて、返事もしなければ譲歩もしなかった。宇宙の中にはある種の権利を享受してしかるべき人種とそうでない人種があると彼らは本気で信じていたようで、彼らの目を見ているとぞっとした——そう言えば、彼らは凱達格蘭大道で讃美歌を合唱してたな。肌寒い風に乗って伝わってきた讃美歌の大合唱、それは私には悪意の洪水にしか思えなかった」

怡君が話すのを止めると、暁虹はゆっくりと首を横に振りながら言った。「人は人を変えることができない。できるのはまず自分が変わって、それがきっかけとなって他の人も変わる、そんなことだけだ」

怡君は暁虹の言葉を咀嚼する余裕がなかった。広がる靄がある臨界点を超えた時、怡君は眩暈がし、それと同時に足元がよろけた。しかし転んだりはせず、気が付くと床に座り込んでいて、隣に暁虹がしゃがんでいる。彼女が支えてくれたのだ。

「酸欠だね。議場内は人が多いし空調もないから、酸素が薄い」

暁虹は心配そうに言った。「医療班の人を呼ぼうか?」

「いい」怡君は空気をきちんとお腹に入れることを意識しながら、何回か深呼吸をした。それで朦朧としかけた意識が次第に回復してきた。「睡眠不足も祟っていると思う。そろそろ二十四時間寝てない」

「少し寝る?　寝袋持ってこようか」

「大丈夫。このまま座っていてちょっと目を閉じていればいい」

怡君は目を閉じたまま言った。目を閉じていても暁虹が身近にいる気配を感じることができて、それが安心感をもたらしてくれた。「あなたは仕事があるでしょ?　仕事しながらでいいから、あなたのことも教えてくれる?　ブラインドタッチ、得意そうだし」

「雑談しながらできる仕事じゃないよ」

暁虹は笑いを含んだ声で言った。自分の隣で暁虹が腰を下ろした気配を怡君は感じ取った。「でもまあ、少しだけなら仕事を休んでも大丈夫だと思う」

それから暁虹は自分のことを話し始めた。暁虹は情報班のメンバーで、議場内の様子を動画で中継するとともに、最新の状況を文章にまとめ、リアルタイムで外に伝えるのが仕事である。怡君と同じ高雄出身で、台北に上京したのは大学からだった。大学では情報工学を専攻していて、怡君と同じ去年六月に卒業し、それからプログラマーとして働いているとのことだった。情報工学と言えば社会運動とは無縁なイメージがあるにもかかわらず、暁虹は大学二年生の時から社会運動に関与していて、近年台湾で後を絶たない様々な分野で勃発している抗議活動やデモ行進の常連になっている。といっても実際に前線に出て戦うことは稀で、技術を活かしてウェブサイトを作ったり情報を発信したりするのが主な役割だった。だから先鋒として議場に乗り込むというのは暁虹にとっても新鮮な体験らしい。

それからのことは怡君は覚えていない。溜まりに溜まった疲れがどっと湧き上がり、ずっしりと重い眠りの帳が有無を言わせぬ勢いで下りて、忽《たちま》ち彼女の意識を奪っていった。深海の中でどこまでも墜ちていくように怡君は感じていて、天井の眩い白光と、周りの騒音があっという間に遠退《とおの》いた。

どれくらい経ったか、何か騒ぎ立てる声がＢＧＭのフェード・インのように耳に入ってきて、深海の中から怡君の意識をゆっくりと掬い上げた。夢うつつの中でふと階段を踏み外す映像が雷のように眼前に一閃《いっせん》し、反射的な戦慄で怡君は目が覚めた。

「起きて」

暁虹の声が聞こえた。緊張の糸が張り詰めるような声だった。「警察が突入してくる」

その一言で意識が完全に戻り、怡君はスッと立ち上がった。座ったまま寝ていたせいで身体の節々が痛んだ。スマホの時計を覗いたら、二十分くらいしか経っていないと知った。

議場内は殺気が漲《みなぎ》っていた。先刻思い思いに過ごしていた参加者達は議場前方に集まり、方陣《ほうじん》を組んで床に座っている。八つのドアにはそれぞれ警備担当の学生がついていて、警察の突入に備えて臨戦態勢に入り、みな一様に腹を括ったような顔つきだった。議長席で学生リーダーがマイクを持って指揮を執っていて、警察突入時の応対方法を繰り返し説明している。

「私達も行こう」

怡君は暁虹の後ろについて議場前方に行き、他の人と同じように床に座り込んだ。体場内をぐるりと見回すと、文馨が右側のドアの警備に当たっているのを見つけた。体内で鳴り響く心拍音が微かな耳鳴りをもたらし、一歩先も見えぬような激しい不安に襲われながら、それでもアドレナリンの効果か怡君は全身の血が滾《たぎ》っているのを感じ、未曾有の高揚感に包まれていた。ふと隣の暁虹が腕を組んできたのを感じ、思わず疑問の目を向けた。

「隣の人と腕を組んで、万が一警察が入ってきたら床に横になるの。そうすれば警察も強制排除しにくくて、時間が稼げる」

周りを見回すと、確かにみんな腕を組んで待機していたので、怡君もしっかり両側の人と腕を組んだ。時間稼ぎの作戦とはいえ、腕を組んでいると全くの赤の他人同士でも一体感が生まれているように感じられた。

汗の臭いと人いきれが充満する空気は重く淀んでいて、まるで世界中の時間と空間をぎゅっと凝縮させているかのように密度が高く、何かの弾みですぐにでも爆裂しそうだった。それでも隣の人の体温を感じていると、一つ一つ違う顔を見ていると、胸裏に渦巻く不安が少し軽くなったような気がした。

暫く経つと場外のざわめきが高まり、それと同時に議場前方の二つのドアの扉がパッと開き、入口を塞いでいる椅子のバリケードが揺さぶられ始めた。警察が前方のドアから突入を試みていることが分かった。警備を担当する学生がドアを囲んで何重もの壁を作り、一列目の学生が腕をしっかりと組んで警察が入ってくるのを防ぎ、二列目以降は前列の学生の腰を抱えて身体を支えていた。

扉は外開きなので警察は開けることができたが、内側から塞いでいる人間の身長より高いバリケードは簡単には突破できなかった。警備に当たる学生達は「一、二、三」と繰り返し掛け声を上げ、警察を外へ押し出そうとした。バリケードは崩せそうにないので、警察はバリケードの隙間から学生を議場外へ引っ張り出そうと試みたが、腕をしっかりと組んでいる学生の方が多勢でそれも叶わなかった。場内では学生リーダーの指揮の下で、床に座り込んでいる参加者達が「警察は立ち去れ」「ドアは死守せよ」「貿易協定を撤回せよ」「民主主義を守れ」などのシュプレヒコールを上げ、それが議場中に響き渡り、天井まで振動させているようだった。

三十分経ってもドアは突破できず、警察は撤退を余儀なくされた。勝利を得た瞬間、国家音楽庁のスタンディングオベーションを遥かに凌駕する盛大な歓声と拍手が議場内で巻き起こり、先刻の熱気をより一層沸騰させた。

「暫くはもう突入してこないと思うから、少し休もうか」

と曉虹が言ったので、怡君も彼女について議場後方の席に戻った。ちょうど文馨もやってきて、

「お疲れ」

怡と声をかけた。警備班の仕事は交代になったらしい。「とりあえず、一夜」スマホを見ると、そろそろ日の出の時間になっていた。ほんとだ、一夜凌《しの》げた。怡君がスマホ画面に表示される時刻をぼんやり眺めながら感慨に耽っていると、

「じゃ、おやすみ」

と文馨はにっこりと笑い、議場後方に行ってそこに敷いてあった寝袋に潜り込んだ。怡君も物資班から寝袋を受け取り、議場後方の空いているスペースで広げて、中に潜り込んだ。しかし先ほどの戦いの余韻が残っているせいか、それとも天井の無機質な眩しい光のせいか、目を閉じてもなかなか寝付くことができなかった。汗で服が肌にべったりと貼り付いているのを気持ち悪く感じながら、怡君は席に座ってキーボードを叩いている暁虹の背中をぼんやり眺めた。その身体が少し猫背になっていることに気付いた時、怡君はやっと眠りに落ちた。

議場内の生活は不便を極めていて、怡君の想像を遥かに上回っていた。

空調がないので空気が常に淀んでいるのはもちろんのこと、人がたくさん集まっているので携帯の電波も繋がりにくい。議場内にはトイレがなく、議場外には警察がうろついていていつでも突入してくる可能性があるため、トイレは決まった時間にしか

行けない。本当に我慢できなかったら議場内の臨時トイレを使うしかない。臨時トイレとは本来電話ボックスとして使われていた個室の中に、ビニール袋をセットした大きめのごみ箱を置き、その中にティッシュペーパーをたくさん敷き詰めただけのものだった。

お風呂も大きな問題になった。議場内にはもちろんシャワーがないので、最初の数日間は誰もが身体を洗うことができず、常に饐えた臭いを漂わせていた。ウェットティッシュやドライバスで身体を拭くのが関の山だった。男の人はまだ半裸になり大っぴらに身体を拭くことができるが、女の人はそういうわけにもいかない。議場内では常にマスメディアが常駐しているため、運動参加者の一挙一動全てがテレビに曝け出される可能性があった。そのことで誰もが神経を尖らせていて、余計に精神力が摩耗した。議場外のトイレが自由に使えるようになり、モップを洗うためのスロップシンクでシャンプーができるようになったのは少し経ってからのことだった。

最初は誰もがそのうち、せいぜい一週間で強制排除されるだろうと思っていたため、長期抗戦の心の準備はなかった。結果的に二十三日間も続く長期占拠になるとは、当時の誰も予想だにしなかった。

議場内の風景はひたすら単調で、青天白日満地紅旗に仏頂面の孫文の肖像画、木質の壁に灰白色《かいはくしょく》の天井、三階の左右両側にある二列の小さな窓が外の世界との唯一の繋がりだった。そんな単調な風景を少しでも活気づけようと参加者達は場内の飾り付けに力を注いだ。美術大学の学生は絵を描いて、議場内の壁に掲げた。鹿の角が生えた馬英九《ばえいきゅう》総統像や、議場内の風景を描いた水彩画、はたまた民主化運動の中で焼身自殺した先人の肖像画。社会運動の常連は原発反対や、土地収用と強制立ち退き反対、チベット独立運動への声援など様々な横断幕やプラカードを掲げた。市民が寄贈した物資が次々と場内に運び込まれ、その中に向日葵《ひまわり》などの花も含まれていた。学生達が向日葵を議長席に飾り付けると、その映像がマスコミを通じて全国に流され、図らずも太陽花《ひまわり》が運動のシンボルになった。

　飾り付け以外に、参加者の士気を鼓舞するために、NGOメンバーや学生リーダーが時々マイクを持って演説を行ったり、世間の動向や政府の反応を報告したりした。マイクが空いている時は希望者がいれば誰でも前方に出て、自らの主張や意見を述べてもいいことになっている。その度に聴衆は拍手を送った。

　二日目の夜、台灣同志熱線《台湾LGBTホットライン》のボランティア数人が議長席の横にレインボーフラッグを掲げ、演説を行った。同　志《セクシュアル・マイノリティ》の人達も公民であり、中国とのサービス貿易協定は同志の人権にとっても切実な問題なので、この運動にも多くの同志が参加している。普段も見えていないだけで、本当は一人ひとりの周りに同志の人達が存在している、そのことを知ってほしい、という趣旨の演説だった。短い演説が終わると拍手が巻き起こり、レインボーフラッグはそのまま議長席の近くに飾られた。その六色の旗を見ていると怡君は、自分がここにいていいと認められたような気分になった。

「レインボーフラッグが国会を飾るなんて、後にも先にもこの一回だけでしょうね」

ホットラインの演説を文字に起こしている暁虹に、怡君は感慨深くそう言った。

「『同志仍須努力《同志なお須らく努力すべし》』と言ったのは孫文なんだからね。その肖像画の横にレインボーフラッグを飾っても怒られないはずよ」

暁虹は振り向いて怡君ににっこり笑った。

しかしレインボーフラッグが掲げられた映像と写真がメディアを通じて流れると、何故か「同性愛団体がどさくさに紛れて議場に入り、同性愛者の権利を主張した」ということになった。それにかこつけて国会占拠の正当性を疑問視する声が保守系論客を中心に湧き上がった。運動のイメージが損ねられること、そしてサービス貿易協定を巡る訴求ポイントがぶれることを恐れ、運動の趣旨とは直接関係のないレインボーフラッグの掲揚は自粛すべきという意見は議場内からも上がった。結局レインボーフラッグは一日経たずに撤去された。

「見たくないもの、見られたくないものは見えなくすればいい。自粛とは要はそういうことね」

服の下からウェットティッシュで怡君の背中を拭きながら、暁虹は皮肉を込めて言った。

「結局、我慢を強いられるのは常に少数者の方」あまりの失望に怡君は言葉を発する気力も失せて、ポツリと一言呟いただけだった。

一番怒り狂ったのは文馨だった。

「私は同志で、今ここにいる。あなた達と同じ、民主主義を守るために、人民の議場に来ているんだ。私の彼女も今、立法院の外で私達を見守っている。この運動は私達と関係がないとでも言うの？」

所属する警備班のリーダーを通して、文馨は司令本部の一人に直に抗議した。

「関係ないと言っているわけじゃない。ただ運動全体のイメージが関わっている。全国二千四百万人、そして世界中の人々がこの議場内を見つめているんだ。もっと大局的な視点を――」

「異質の存在を無視し、異質の声を掻き消す。それがあなたの言うところの大局的な視点？」文馨は彼の言葉を遮った。「それって、現政権がやっていることとどこが違うの？」

「ただの旗だろう？　大袈裟過ぎじゃない？」

結局陳情が奏功せず、文馨は怫然《ふつぜん》とした顔で怡君の元へ戻ってきた。「それを言うなら貿易協定だってただの紙切れじゃん？　ほんとがっかりだよ」

二人は議場後方の壁に凭れて座り、文馨の激しく起伏する背中を怡君は優しく摩《さす》ってあげた。

「どうする？　出る？　残る？」と怡君は訊いた。

実際、レインボーフラッグ撤去の件で何人ものセクシュアル・マイノリティ当事者が不満を抱き、抗議の意を表すべく議場を立ち去った。ネット上のコミュニティサイトでもレインボーフラッグ撤去の是非を巡って議論が繰り広げられていた。

文馨はむっとした表情のまま何も喋らなかった。満足にシャンプーできていない茶色の前髪が力無さそうに額に貼り付いていて、微かに血走った眼球の下に深いクマができていた。劣悪な環境で一日に三、四時間しか寝ていない疲労が如実に顔に表れているのだ。黙したまま暫く経ってから、文馨はまた立ち上がり、自分の定位置に戻っていった。

議場内の代表であり、意思決定機構である司令本部に対する文馨の不信感はその時に始まったものではない。国会占拠行動が全国の注目を集め、多くの国民の声援を得て、警察も突入に何度も失敗した後、今後の方向性について議場内では意見が二派に分かれた。このまま議場に籠城し、政府と対峙し続けるべきだと主張する穏健派と、運動のエネルギーを更に増幅させるために次の占拠目標を探すべきだと主張する拡張派だった。司令本部では穏健派の主張が主流だったため、拡張派の一部の参加者が議場を出て、徐州路《シュージョールー》にある台湾大学社会科学部キャンパスの教室を借りて、そこで新しい拠点を作った。文馨を含め、議場に残ることを選んだけれど主張が拡張派寄りの人々は司令本部の保守的な方針に対して不満を覚え、穏健派の人々もまた、拡張派の分裂とも取れる行動に対して猜疑と不満を抱いた。二派の衝突は議場内では表面化こそしなかったものの、SNS上では既に論戦が繰り広げられており、分断の影が暗然と浮かび上がっていた。

張り詰めていた緊張の糸がぶち切れたのは五日目の夜だった。社会科学部拠点のメンバーを中心とした運動参加者がミゼットカッターで拒馬《きょば》の有刺鉄線を切断し、行政院（内閣）に攻め入ったのだ。立法院外で座り込みをしていた民衆は五日間も風と雨に曝されてとうに鬱憤が溜まり、行政院占拠の報を聞いてとうとう痺れを切らし、数千人が行政院内外へ陣地を移した。立法院の議場内からも多くの人が応援に向かったが、文馨は議場に残ることにした。

　夜が深まると、ヘルメットを着用し、盾を持ち、警棒を装備している鎮圧部隊が行政院に集まり、幾重もの封鎖ラインを張って行政院内外に座り込みしている民衆を取り囲んだ。立法院占拠の時とは異なり、日付が変わると、警察はまずマスメディアを行政院内から締め出し、その後に放水車も出動し、明け方にかけて六回にわたり強制排除が行われた。

　その夜、立法院議場内のほとんどの人が一睡もしなかった。行政院の事態が気がかりということもあり、また立法院側の民衆が少ない時に隙をついて警察が突入してくることもないとは言い切れないから、防御態勢を強めていたのだ。怡君は議場前方の方陣に参加し、警察の突入に備えた。曉虹は深刻な表情でパソコンの前に座り、しきりに何かタイピングしていた。文馨は苛立ちながら早足に場内をあちこち歩き回り、何度も電話をかけたが繋がらなかったようだった。

　深夜になると、行政院から続々と議場内に人が戻ってきて、警察に暴力を振るわれたと訴えた。警棒で殴られたり、革靴で蹴られたりで、彼らの多くは内出血などの怪我を負っていて、中には血を流している人もいた。ネット上には警棒で頭を叩き割られて血塗《ちまみ》れになった民衆の写真や、威勢よく棍棒を振り下ろそうとする警官の写真がアップロードされていた。更に夜が更けてからは、放水の録画やニュース映像もアップロードされた。動画の中では空を揺るがす群衆の狂騒に混じって甲高い悲鳴や罵詈雑言が飛び交い、遠くで救急車のサイレンが鳴り響き、それを背景に放水車は高所から民衆に対して放水していた。民衆は蹲ったり地面に腹這いになったりして頭部を守りながら強力な水圧を背に受け、運悪く立ったまま放水砲に直撃された人は道路に転倒した。放水中でも警察は強制排除を続行し、民衆を地面から持ち上げてはどこかへ運んでいった。抵抗した民衆は現行犯として手錠をかけて逮捕され、負傷した民衆は救急車に運び込まれた。激昂した民衆は警察と取っ組み合いの喧嘩となり、時おり投げ出されたペットボトルや瓶、靴などが闇夜を舞った。

結局警察は議場には突入しなかったが、議場内では誰もがほっとした気分になれなかった。明け方前に行政院内の強制排除は終了したが、行政院周辺の放水と排除はまだ続いていて、逮捕者と負傷者の数は諸説紛々で誰も確かな情報を摑めなかった。先行きに対する不安が暗い靄のように立ち籠め、沈鬱な空気が場内を包み込んだ。学生リーダーが声明を出し、国家暴力は決して許されるものではないと強く非難した。

一夜を通して一向に電話が繋がらず、頭を膝の間に埋めてがっくりと壁に凭れていた文馨のもとに連絡が入ったのは、夜が明けて数時間経ってからのことだった。議場占拠の日からずっと立法院外で座り込みをし、議場内の動静を見守っていた恋人が行政院に応援に向かったところ、行政院外で放水砲に当たり、道路に転倒して病院に搬送されたとのことだった。命に別状はないが、頭を打って気を失い、ついさっき蘇ったそうだ。携帯は転倒時に失くしたみたいで、病院の公衆電話でかけているという。電話を切ったあと文馨は慌てて病院へ向かい、それきり議場に戻ってこなかった。

「私達、ほんとに正しいことしてるのかな」

幾度目の夜中か、怡君はもはや記憶していない。スマホの液晶画面に表示される数字が増えてはゼロに戻り、そしてまた増えて再度ゼロに帰し、そういう具合に何度も何度も繰り返した。昼夜の区別は日光ではなく、その数字の推移に悉《ことごと》く還元されていた。三階の小さな窓から空が微かに見えていたが、議場内の蛍光灯が明る過ぎて意識しなければ外の光の流転には気付かない。蛍光灯の灯りの中で無数の粉塵が漂い、空気の流れのままに四方へ八方へと飛び散った。二階の平台が作った影の中で座っていると、小さな黒い虫が飛んで目の前を通り過ぎた。しかし視線で追うとその虫が立ち消えになり、それではじめて気のせいだと怡君は気付いた。

独り言にも似た怡君の疑問に対して、暁虹は暫く考え込むように俯いた。長い睫毛が下瞼に影を落とし、「當獨裁成為事實《独裁が事実になった時》　革命就是義務《革命は義務である》」とスローガンが印字された黒いTシャツの襟から覗く鎖骨が緩やかに起伏していた。両目は一メートル先の茶色い床についている何かの染みを見つめているようにも、何も見ていないようにも思われた。

「完全な正しさなんてないんじゃないかな」

暁虹もまた、独り言のように呟いた。「仮にそんなものがあっても、誰かがそれに傷つくはず。そして誰かを傷つける正しさは、もはや完全な正しさとは言えないんじゃないかな」

「じゃ、私達が間違いを犯している可能性もあるってこと？」

「間違いかどうかを知っているのは二つの物事だけ」

と暁虹は言った。「歴史、そして自分の心よ」

怡君は黙り込んで、暫く場内を見渡した。議場前方は四六時中テレビやネットで中継されているため綺麗に片付けられていて、美術宣伝班の承認を得た絵画、スローガンや横断幕しか掲げられないことになっている。孫文の肖像画の前に黄色のプラカードが置いてあり、「佔領《占拠》２４８小時《時間》」と議場占拠からの経過時間数をカウントしている。太陽花を飾った議長席が孫文の肖像画の前に設置されていて、その両側は翻訳班や情報班、物資班、医療班などのスタッフの仕事場になっている。議場の中央部には報道用カメラが何台も三脚で立ててあって、議場前方にピントを当てている。

一方で生活空間である議場後方は違った。床には物資を詰め込んだ段ボールと、寝袋、布団、リュック、スリッパ、マグカップ、ポリ袋、そしてペットボトルなどが散乱していて、電気コードがあちこち乱雑に走っている。学生達が壁の突起などに紐を結び、洗濯ロープ代わりに服やタオルを干した。壁にはポスターや、新聞記事、ブレインストーミング用の付箋が貼ってあった。「ゴミの分別厳守」「トイレにはトイレットペーパー以外のもの投入禁止」「借りたものは原状復帰」「落書き厳禁」などの生活ルールもあちこち掲示されている。近くで数人の参加者がノートパソコンの画面を見ながらストレッチ体操をしていて、その横に何人かが車座になって何かを議論していた。

行政院占拠の失敗以来、議場固守が最高方針となり、運動の長期化も不可避なものとなった。そのため、意思決定の権限とプロセスが明確化し、各班の役割分担も更に細分化していった。各班にリーダーが立てられ、リーダーは方針決定会議に出席することができ、そこでの決議を各班のメンバーに伝える役割を担っている。警察は依然として議場を取り囲んでいるが、突入を断念したため、トイレを含め出入りが自由になった。また民間技術者の助力により空調設備も復旧し、二酸化炭素の濃度が正常値に戻った。全国で五十を超えた学生団体が自主的サボタージュを行った。学生が授業に来ると「君達は何故立法院ではなくここにいるのかね」と問いかける大学教授もいた。体調不良を訴える人がいれば、医療班の医師が体温を測ったり症状に応じて薬を出したりした。それでも毎日体調不良で退場する人がいた。一方、二階の窓からは新しい参加者が毎日入ってくる。そんな中でリーダー陣は国民に、次の日曜日に凱達格蘭大道への集結を呼びかけた。

「激情が色褪せた瞬間とか、時々思うんだ」

怡君は指の先で暁虹のブレスレットのビーズを弄りながら言った。「この議場は大きな舞台で、私達はただの役者じゃないかって。若さと激情を世の中に見せる代わりに、話題と同情を勝ち取ってるんじゃないかって」

怡君は暁虹のような明確な役割を持っていない。意思決定に関わっているリーダー陣はほとんど社会運動や学生運動の常連で、社会運動の経験が浅い怡君は意思決定に関与することはもとより、建設的な意見を提供することもできなかった。情報工学や医学、法学のような専門性もなく、企業管理の知識は社会運動の現場では全く役に立たなかった。太平の世の中なら実学として重宝されるけど、乱世において必要とされるのは方向性を示してくれる芸術と虚学だと感じた。怡君にできるのは人手が必要な時に物を運んだり片付けたりすることと、他の参加者に社会学や政治学の本を借りて勉強することくらいだった。

「ここに来たこと、後悔してる？」

暁虹が怡君に向き直ってそう訊くと、怡君は頭を振った。その隣で枕もなく床で寝ている大学生男子が何か寝言を言いながら寝返りを打った。

「時々虚しくなるし、自分がここにいる意味を見失ってしまいそうになるけど、後悔はしていない」

暁虹に見つめられていると怡君は少し照れ臭くなり、目を逸らした。「本当に何かを変えることができるかは分からない。でもここに来て、自分が少し変わったような気がする」

「どういうふうに？」

「デモとか、抗議とか、そんなのはテレビの向こう側の出来事だと思っていたし、政府が国民に対して暴力を行使するのは戒厳令解除前、つまり歴史教科書の中でしか起こらないことだと思っていた。そんな歴史が、今の自分に繋がっているんだなって、なんとなく」

もう一度、怡君は場内をぐるりと見回した。「それに、ここに来ていなかったら見えなかった風景もあるし、出会えなかった人もいる」

ひまわり学生運動と呼ばれても、運動に関わっている人は学生だけではなく、NGOメンバーや大学教員、あるいは怡君のような一般企業で就職している人など多種多様だった。運動のためにわざわざ海外から帰国した人もいた。

ソフィアがその一人だった。怡君や暁虹より四歳年上のソフィアは暁虹の知り合いで、翻訳班のリーダーだった。日本企業に就職しているから日本語がとても堪能で、日本からのマスコミへの対応や、声明文の日本語訳、そして日本向けの動画配信を担当している。暁虹の紹介でソフィアと知り合った時、

「ずっと議場内にいて、日本の仕事は大丈夫なの？」

と怡君は訊いた。するとソフィアは肩をすくめて、

「休みは取ってあるし、大丈夫じゃなかったらそのうち他の仕事を探せばいいじゃん」

と答えた。にっこりと笑う時に覗く八重歯が怡君の印象に残った。

「彼女は昔からああいうふうにあっけらかんとしているところがあるけど、自分の意見と主張をきちんと持っている人で、しかも気配りもすごく上手」

ソフィアの話を持ち出すと、暁虹は笑いながら言った。「社会運動の大先輩で、私には到底敵《かな》わない」

そう言いながら、暁虹は左右の腕と肩を交互にぐるぐる回した。ずっとパソコンに向かって作業しているせいか、回すとボキボキ鳴った。

「マッサージしてあげようか」

怡君は笑いながら手招きした。「おいで」

両足を広げて暁虹を間に座らせ、怡君はゆっくりと彼女の肩を揉み解《ほぐ》した。思ったより肩回りの筋肉が凝り固まっていて、怡君は思い切り指先に力を入れた。すると暁虹は気持ち良さそうに目を閉じて、背中を怡君に預けた。服の上からでは分からないけれど、触ってみると暁虹の肩幅が広いことに気付いた。

「大学二年の時に社会運動デビューしたってこないだ言ってたけど、何かきっかけあった?」

肩と同じくらい凝り固まった上腕を揉みながら、怡君は訊いた。質問が聞こえなかったように、暁虹は暫く目を閉じたまま黙っていた。

「大学の時、私は恋愛と就職のことしか考えていなかった。〈ウィスパー〉には一か月に一回通ってたし、ネットで恋人を募集したりもした」

怡君は静かに話し続けた。「友達が、文馨って言うんだけど、よく抗議活動に行ってたし、私を誘ったこともあったけど、何か怖いし、どうせ行っても何も変わらないと思って」

「大学二年の時、私は自分がTだと気付いた」

怡君の言葉を遮るように、暁虹がポツリと呟いた。

「T？」

怡君は堪え切れず、くすっと笑った。「こんな女々しいT、初めて見たよ」怡君の脳裏に浮かんだTは英語の tomboy から来た言葉で、中国語圏のレズビアン用語では日本語のボイタチに相当するのだ。

「そっちじゃないよ」

暁虹の声は笑いを含んでいたが、どこか緊張しているようで、しわがれて聞こえた。

「LGBTのT、つまりは跨性別《トランスジェンダー》」

俯いた暁虹の身体から微かな身震いが指先を通して伝わってきたけれど、怡君の指が止まったのはそれが原因ではなかった。

「女が好きだから、長い間ずっと自分を異性愛の男だと思ってた。周りもそれについては何も疑問に思わなかった。でも違った。私は女だった。二十歳になって、やっと気付いたの」

後になって怡君は時々考えた。もしあの時もっと違う反応をしていたら、何かが変わっていたのだろうか。笑いながら軽く暁虹の肩を叩いて、「マジか、全然気づかなかった」とか、「もっと早く言ってくれてもいいのに」とか言ったり、あるいは素直に「教えてくれてありがとう」と言ったり。「気付いてよかったじゃん、女ってなかなかいいもんでしょ？」という返事も悪くない。数年後なら怡君はもっと上手に応対できる。しかし当時の怡君はまだそんなに器用じゃなかった。自分は女しか好きにならないと信じていた怡君だったが、女とは何か考えたこともなかった。だから元男の暁虹への気持ちは自身のアイデンティティを脅かすものだったし、「元男」でも紛れもなく女であるという点について、怡君は考えが及ばなかった。

頭が混乱して沈黙に陥った怡君に対して、暁虹はそれ以上何も言わなかった。暫く無言で相対した後、彼女はゆっくりと立ち上がり、床に自分の寝袋を広げた。「おやすみ」と言って、寝袋に潜り込み、くるりと背を向けた。

それが怡君の記憶に残った、暁虹の最後の姿だった。

目が覚めた時、隣に暁虹は既にいなかった。暁虹が使っていた寝袋は綺麗に畳んで収納袋に詰めてあって、物資班のところに戻されていた。パソコンとタブレット、そしてリュックはなくなっていて、靴や服などの私物も消えていた。暁虹が仕事の時に座っていた席には、会話したことのない大学生くらいの男が座っていた。怡君が貸したモバイルバッテリーもその男のタブレットに接続されていた。

歯を磨く余裕もなく、怡君は議場内を探し回った。やっと見つけたソフィアに暁虹の行方を訊ねると、

「海外に行ったよ。今日の飛行機で」

と、取り乱す怡君を見つめてソフィアは怪訝な顔で告げた。「知らなかったの？」首を横に振ると、ソフィアは続けて言った。「海外で仕事を見つけたの。元々は三月中旬の飛行機に乗る予定だったけど、ほら、こんな状況だからね、そんで飛行機を延ばしたの。でも入社日の取り決めもあって、もう延ばせないみたい」

行き先と連絡先は訊かなかった。それを訊く資格がないと怡君は思った。怡君は議場後方に戻り、壁に凭れてぼうっと座り込んでいた。午後に学生とNGO団体が立法院前で記者会見を開き、日曜日の集会のタイムスケジュールを発表した。夕方になると馬英九総統が国際記者会見を開き、運動の四か条の訴求に対して政府側の回答を伝えた。上辺だけ取り繕った政府回答に運動参加者はより一層不満が募り、学生リーダーは誠意のない回答だと批判した。目まぐるしく変化する情勢を、怡君はただぼんや

りと眺めていた。

怡君を奮い立たせたのは、日曜日に凱達格蘭大道に雪崩れ込んできた五十万人と、その五十万人による「島嶼天光《島の夜明け》」の大合唱だった。

已經袂記哩　是第幾工　　何日経ったかはもう覚えていないけれど
請毋通煩惱我　　どうか心配しないでくれ
因為阮知影　無行過寒冬　　寒い冬を乗り越えなければ
袂有花開的彼一工　　花が咲く日が永遠に訪れないと分かっているから

文化界、学術界、音楽界、労働者団体、弁護士団体、医療団体、各種ＮＧＯ団体と学生団体の演説に続いて、締めの大合唱が総統府前で轟いた時に夜の帳は既にすっかり下りていた。参加者はスマホ画面をサイリューム代わりに左右に振りながら歌い、深まる闇の中で浮かび上がるスマホの明かりはさながら光の海だった。半年前に同性婚反対勢力に取り囲まれていた凱達格蘭大道は、今や希望の光で満ち溢れていて、それを見て怡君は、世界は変えられる、きっと何かが変わる、そういう思いで胸がいっぱいになった。運動はまだ終わっていない、落ち込んでいる場合じゃない、と怡君は自分に言い聞かせた。

一週間後、立法院長・王金平《おうきんぺい》が議場入りして運動参加者を労い、その後議場外で譲歩の声明を発表し、事態は収束へと急転直下した。それを受けて翌日、運動のリーダー陣は議場からの退去宣言を発表した。更にその三日後、運動参加者の群れと共に、怡君は一本の向日葵を手にして議場を後にし、三週間ぶりに青空を見上げた。

「そろそろ終電。今帰らなきゃオール確定よ。どうする？」

何度目かの居眠りから目が覚めて周りを見回すと、〈ポラリス〉店内には店長と店員以外にもう怡君と文馨しかいなかった。四十代後半に見える店長と二十代前半に見える店員はカウンターの後ろでゆっくりグラスを拭いていた。店長は目が覚めた怡君を一瞥して、微笑みながら日本語で何か話しかけた。

「今、なんて言ったの？」と怡君は文馨に訊いた。

「疲れてたら机に臥せてちょっと寝ていいよって」と文馨が答えた。「どうする？」

怡君は座ったまま伸びをした。それで眠気が少し取れた。「ちょっと夜風に当たってくる」そう言って、怡君は引き戸を開け、店の外へ出た。

冬の夜風がひんやりと身に沁みて、怡君は思わず縮み上がった。空を見上げると、無辺に広がる闇夜に薄い黄色の上弦の月がぽっつり浮かんでいて、地上の世界を見守って いた。周りの店のうち数軒は扉は半分しか閉まっておらず、隙間から暖かそうな橙色の光が談笑の声と共に漏れていた。遠くないところからクラブミュージックの音が伝わってきて、道端には飲んだくれた人が座り込んでいた。仲通りにはまだ人がひっきりなしに行き来しているのが遠目でも分かった。二丁目には初めて来たけれど、怡君はすっかり好きになった。次の曲がり角を曲がると何に出くわすか分からない雑多な街だけれど、だからこそ何でも受け入れてくれそうな気がした。

もしあの運動に関わっていなければ、企業管理学科出身の自分は今でもどこかの企業の管理部門で株価チャートを注視しながら事業計画作りに腐心していたのだろうと怡君は時々思う。その運動がきっかけで怡君は法律と政治の重要性に気付かされ、大学院の法律研究科に入り直し、司法試験で弁護士資格を取得したのだ。途中で退場した文馨はその運動のことに触れるのをどこか避けているところがあるけれど、安泰だったはずの大企業を辞めてもっと広い世界を見るために留学を決意したのも、やはりその運動の影響だったかもしれない。

もう一度曉虹と会いたい、と今となってはもう思わない。怡君が曉虹を傷つけたように、曉虹もまた怡君を傷つけた。あの運動では傷ついた人があまりにも多かったし、叶わなかった願い、踏み躙られた思いもあまりにも多かった。誰一人特別ではなかったし、誰を取っても特別だった。無数の光が一点に交わり、瞬間の輝きを作り出したけれど、幕が下りたらそれぞれ辿らなければならない軌跡があるし、歩まなければならない旅路がある。

怡君はあの運動のテーマ曲を思い出した。今でもメロディは口ずさめるし、歌詞もはっきり覚えている。

天色漸漸光　　　夜が明けてきた
咱就大聲來唱著歌　　　みんなで声を上げて歌おう
一直到希望的光線　　　希望の光が
照著島嶼毎一个人　　　この島の全ての人を照らすまで

「ほんとに終電、過ぎちゃうよ」

そう言いながら、文馨は店から出てきた。「もう一軒行く？」

夜風が吹き抜け、文馨の長い髪が静かに揺れた。それを見つめながら、怡君は力強く頷いた。

「うん、もう一軒行こう」

夜が明けるまで、歩まなければならない長い旅路がある。

そして今は、まだ旅の途中だ。

蝶々や鳥になれるわけでも

同性愛者というのは初恋を経験してはじめて生まれるようなもので、恋が報われないのは赤ん坊を取り上げてくれる人がいないことにも似て、生まれつき孤児《みなしご》になるのだ、とそんな文章をどこかで読んだことがあるが、蘇雪《スーシュエ》にはどうも理解ができない。

蘇雪は恋愛を知らない。そんなことを誰かに打ち明けると決まって、「それはまだいい人に出会えてないからだよ」「いつか心から好きと思える人に出会えるからきっと大丈夫よ」といった台詞が返ってきて、蘇雪をがっくりさせる。励ましのつもりでそんな台詞を口にする人は大抵、目に憐れみの色を帯びていて、自分が持っている素敵な宝物を、できるものなら目の前の貧しい人にも分け与えてやりたい、その良さを分かってもらいたい、といった類の感情が見え隠れする。蘇雪は別に自分が哀れだとは思っていない。納豆を美味しそうに食べている人を見かけたからといって、それが食べられない自分を憐れむ必要はどこにあるのだろうか。

同性愛者は初恋をもってはじめて生まれるというのなら、自分の場合は永遠に生まれないどころか、逆に母胎に引き摺り戻されるようなものではないか。〈ポラリス〉のカウンター席に顔を臥せ、隣に座っている野川利穂《のがわりほ》の体温を感じながら、蘇雪はぼんやりと考えた。土曜の夜ということもあり、店内はほぼ満員状態で、グラスを机に置く時のすとんとした鈍い音、スツールの金属の足とフローリングの床が摩擦する音に色々な人の雑談の声が混ざり、どことなく騒がしい。利穂は店員のあきらと話をしていて、店主のなつこはかりんというお客さんと喋っている。四人の日本語がごちゃ混ぜになっていてとても聞き取れない。入口付近の二人の台湾人客が話している中国語はどうにか聞き取れそうだけど、やはり遠過ぎて聞き取りづらい。

二丁目が自分の居場所だと別に思ってはいない。ゲイ向けの店は女の自分には入れない。レズビアン向けの店には入れるが、雑談をするとどうしても好みの女の子のタイプや過去の恋愛経験に話題が及ぶし、やり取りの中で潜在的な性の対象として見られている気がしてならない。近頃オールジェンダーミックスのバーが増えているのは有り難いが、店の成り立ちによってやはり客層に偏りがある。たとえニュートラルに「セクシュアリティは何ですか」と訊かれても、多くの場合、それは相手が自分にとって性の対象になり得るかどうか確認するための質問であり、同じセクシュアリティの回答を暗に期待されていることが多い。そこで「恋愛感情を持たない」ということを意味する「Aセクシュアル」を答えると、話題をぶった切ったような気まずさが残ってしまう。

それでも外の世界と比べれば、二丁目はまだ居心地がいい。性には色々な在り方がある、という意識を持っている人に出会える確率が高い。外では、大学だろうとバイト先だろうと、何も表明しなければ自動的に異性愛者に分類され、男から性の対象として見なされてしまう。そうなるとたとえ明確に言い寄られることがなくても、二人の関係には必ず何か不自然な、歪《いびつ》なものが入ってしまう。脈絡もなく「今日は綺麗だね」と言われたり、プレゼントをされたり、ご飯を奢られたりする。相手のアプローチに気付かぬふりをして何とかやり過ごせても、男の方の気持ちに気付いた周りが二人をくっつけようと躍起になり、「彼はなかなかいい男だぞ」と説得してきたり、二人きりで会わせようとする仕掛けを作ったりし始めると、蘇雪はそこから逃げ出すしかなくなる。

だから蘇雪は時々二丁目を訪れるようにしている。蘇雪のバイト先の中華レストランは新宿三丁目にあって、二丁目から徒歩五分の距離しかなく、バイトが上がってから一杯飲みに行くのにとても便利だ。二丁目にいると、少なくとも男と女は求め合うものだという外の常識と、恋愛をしなければならないという形のない圧力から解放されて、少し楽になる。今日は土曜の夜にしては珍しく上がりが早く、蘇雪は利穂と待ち合わせしてー緒にポラリスに来ている。

利穂と知り合ったのは二丁目だったが、奇しくも大学も学年も同じで、話も合うので二人はすぐ打ち解けた。恋愛感情はあるが性的欲求がないノンセクシュアル自認の利穂は、蘇雪のお悩み相談にも乗ってくれる。バイト先で知り合った朱士豪《ジューシーハウ》という中国人留学生がしつこくアプローチしてきて、周りの中国人仲間も二人をくっつけようとしているのが、蘇雪の最近の悩みなのだ。

今の中華レストランのバイトに就く前に、蘇雪は掛け持ちで大学の近くのコンビニと古本屋でバイトしていた。どちらもいい職場だった。コンビニでは店長の他に店員が五人いて、国籍はばらばらで、中国人が二人、韓国人が一人、インド人が一人、ベトナム人が一人だった。シフトが終わった後に事務所で賄いの弁当を食べながら、他の店員と雑談すると色々な国の話が聞けて、とても楽しかった。一回みんなで約束して、それぞれの民族衣装を着て、自国の料理を持ち寄ってピクニックに出かけた。当時はまだ長髪だった蘇雪は月白《げっぱく》の上着に天色のスカートの漢服を、もう一人の中国人男性は灰色の長袍《チャンパウ》を着ていた。韓国人女性はピンクのチマ・チョゴリ、インド人女性はオレンジ色のサリー、ベトナム人男性は青のアオザイを着ていた。カラフルな五人は電車の中でも、ピクニックの場所である代々木公園でもかなり人目を引いた。

古本屋は地域の小さな店で、店長は六十代の白髪が蔓延る男性、店員は蘇雪一人だけだった。店の主な客層は大学の学生なので、違う専攻のお客さんと喋るのが蘇雪には楽しかった。お客さんがいない時は店の奥のカウンター内に座って本を読んでいた。店長はとても親切な人で、たまに田舎から野菜や果物を持ってきてくれたし、お正月の時にはこれは日本の文化だと言って、お年玉までくれた。

しかし一年くらい経った時から、何かが少しずつずれていった。中国人男性は妙に蘇雪を意識するようになり、仕事中でもよく彼女をちらりと覗き見ていた。時々帰宅路で一緒になり、肩を並べて歩道を歩いていると、決して蘇雪に外側を歩かせない上、車が通ると蘇雪をガードしようとして過剰に腕を伸ばしてきた。中国人男性の異常な行動に蘇雪は見て見ぬふりをしたが、そのうち他の店員や店長の行動までおかしくなった。コンビニの事務所では何故か中国人男性と一緒にいると、他の店員は賄いも食べずそそくさと帰っていったし、シフトも何故か中国人男性と同じ時間帯が多くなった。それでも考え過ぎだと自分に言い聞かせたが、バレンタインにチョコレートを渡され告白されると、いよいよやり過ごしができなくなった。

同じ時期に本屋の方にも変化が生じた。店長から贈り物をもらう頻度が上がったなと思ったら、そのうちことあるごとに何かしらくれようとし始めた。小さいお菓子やおやつから、旅のお土産という携帯ストラップやお人形、自分で作ったという漬物、挙句の果てに動きが鈍くなった携帯の機種変更費用を出してくれるとまで言い出した。流石にそれは断ったが、時間が経つにつれ何故かスキンシップが増え、高いところにある本を取って寄越してくれる時も、給料を渡してくれる時も手を触られた。

両方とも居心地が悪くなり、新学期に入ると蘇雪はどちらも辞表を出した。携帯番号を変更し、LINEでも店長と店員をブロックした。次に見つけたのが新宿三丁目の中華レストランのアルバイトだった。こちらもかなり気に入った。同僚はほとんど中国人でみんな仲が良く、たまに餃子パーティーや鍋パーティーをやったりもした。端午の節句には粽《ちまき》を、中秋の節句には月餅を懐かしいと言いながらみんなで一緒に食べた。元々蘇雪は料理が好きだから、キッチンスタッフの業務に就けて水を得た魚のように感じた。誰かに好きになられないよう、蘇雪は長い髪を切って、思いっきり少年みたいなボーイッシュな髪形にした。料理をするにもその方が便利だった。

朱士豪が入ってきたのは三か月前、秋学期が始まる頃だった。士豪は漢民族だが、モンゴル人の血が入っているかと思うくらい顔の彫りが深く、色黒の顔に剃り残しの髭が鼻の下と四角い顎に蔓延り、背が高く筋肉もしっかりしている。まだ二十五歳なのに額には既に何本か皺が刻まれていて、刈り上げの髪の毛も粉雪が降っているようにところどころ白かった。働き者でレストランではいつもテキパキと動き、仕事が上がった後に同僚に飲みに誘われても勉強があるとはにかみながら言って断った。しかし付き合いが悪いと陰口を叩かれたり、ガリ勉とかオタクとかと嗤《わら》われたりすることはなく、口数が少ないけど愛想がよく、そこにいるとなんとなく場を和ませるような不思議な雰囲気を纏っている。自分からはあまり積極的に話そうとしないが、訊かれたら来日の経緯でも何でも答えてくれた。

彼は陝西《せんせい》省の農村部出身で、大学受験の時は北京大学や清華大学のような一流大学こそ落ちたものの、北京にあるそこそこ有名な工業大学に合格した。地元の村では大学合格自体が珍しいことで、士豪は親族の期待を一身に背負い、知識の力で階級は変えられるという一途な信念を胸に、一人で北京に引っ越した。

ところが四年後、士豪は大学を卒業した瞬間失業者になった。いくら探しても専門性に合致した働き口が見つからず、空きがあるのは大抵月給二千元（約三万二千円）前後の清掃員か販売員の仕事だった。そんな給料では都心の家賃すら払えない。士豪は友人と一緒に北京郊外、六環路《リョーホアンルー》の近くにある十五平米の安アパートの一室をルームシェアし、一人月五百元の家賃を負担した。部屋の中にはキッチンもバスルームもトイレもなく、壁には白華《はっか》が恣《ほしいまま》に蔓延って壁面にデコボコを作り、凹んだところには黴が生えていて藍藻《らんそう》のような色になっていた。ベッドは木製のボロボロの二段ベッドで、士豪は上、友人は下のベッドで寝ていた。薄汚くて常に尿の悪臭が漂う共用バスルームとトイレは各フロアにあり、一フロアに四十人が入居しているから朝と夜はいつも混んでいる。洗濯機も冷蔵庫もなく、服は石鹼と洗濯板で手洗いしている。自炊もできず、お腹が空いたら近くの庶民食堂に五元か十元のスープヌードルやチャーハンを食べに行った。贅沢したい時は二十元もする角煮どんぶりを頼んだ。毎日の生活は、起きる、食事をする、インターネットで職探しをする、煙草を吸う、寝る、このいくつかの事柄の中で輪廻を繰り返すだけだった。その時はじめて士豪は、自分は何年か前から耳にしていた「蟻族《ありぞく》」になっていることを悟った。「鼠族《ねずみぞく》」や「北漂青年《北京漂流青年》」といった呼称もあるようだが、どちらも意味はたいして変わらず、首都である北京で生きていくという夢を追いかけるために努力する、貧しい青年のことである。

半年後に士豪は運よく、中関村《ちゅうかんそん》のＩＴ製品の店舗で月給三千元の販売員の仕事を見つけ、毎朝すし詰め状態のバスに乗って地下鉄に乗り換え、二時間近くかけて通勤するようになった。そんな生活が半年も続くと流石に耐えられなくなり、士豪は都心に引っ越すことにした。新居は地下鉄駅まで徒歩十分の地下室部屋だった。そこは元々は地下駐車場だったが、激増した人口に対応すべく政府指導のもとで賃貸物件に改造され、五平米から十平米くらいの狭い部屋が数十部屋びっしりと並んでいた。地下にあるのでもちろん窓がなく、年がら年中黴の臭いが漂っていて、水漏れもするし防音という概念もない。士豪が借りた部屋は八平米前後で、家賃はひと月千元だった。生活の質が低く仕事も忙しいけれど、士豪は自分の手に入れたささやかなペキン・ドリームに満足した。

しかし二年後のある日、このままでいいのかと士豪はふと思った。販売員の仕事をいくら頑張っても専門スキルは上がらないし、大学の専攻は活かされていないし、給料も三千元のままだ。卒業して三年間経っても、士豪は未だに目下の生活で精いっぱいで、貯金はほとんど増えていない。実家に送金するなど夢のまた夢で、今住んでいる地下室部屋は運が悪ければ豪雨一つで簡単に水没してしまう。そうすれば自分には何も残らない。実家に帰った方がいいかもしれないとも思ったけれど、高等教育まで受けてこの様というのはあまりにも面目が立たず、家族の期待もどっしりと重たくどうしても裏切れない。何より、ここで引き返したらそれまでの努力は全て水泡に帰すのだ。

ちょうどその時東京に住んでいる友人から、日本政府は労働力不足で外国人受け入れに力を入れているという話を聞いた。東京でなら普通のアルバイトでも時給は六十元はあり、頑張れば一か月で一万元も稼げるかもしれない。正社員ともなれば更に高い給料も望めるとのこと。士豪は日本語が全くできないし、日本に対してもあまりいい印象を持っていなかったけれど、家族の期待に応えるためならくだらない反日感情も捨てられるし、日本語だって勉強してやろうと思った。なけなしの貯金を投入し、更に不足分は借金してやっと入学金と学費を調達できた。友人が紹介してくれた中国人ばかり集まる日本語学校に入学し、学校が裏で斡旋してくれた中華レストランの仕事に就いた。日本語学校の寮に住み、三人で十五平米の部屋をシェアしていて一か月の家賃は二万五千円だった。家賃の高さは想像以上だったが、それでも生活環境は北京にいた頃よりずっと良いのでよしとした。

士豪の苦労は南京のそこそこ裕福な家に生まれ育った蘇雪には想像できないものだった。士豪が雑談で自分の経歴を話して聞かせてくれると蘇雪はいつも聞き入ったし、仕事をする時の彼の真面目さと勤勉さにも尊敬の念を抱いていた。しかしそれは恋愛感情とは全く関係のないもので、士豪が言い寄ってきた時に蘇雪は困惑してしまった。

「那个《あのう》……我喜欢你《君が好きだ》。能不能跟我交往《付き合ってくれないか》？」

ある日の仕事終わりに藪から棒に言われて、蘇雪は泣くに泣けず笑うに笑えない気持ちになった。今どき仄めかしも駆け引きもなくそんな素朴な直球を投げてくる男は、ひょっとしたら絶滅危惧種かもしれない。告白にしても時間も場所も深く考えていないようで、周りにはまだ同僚が何人もいて、閉店の片づけをしていた。士豪の言葉を聞いて同僚達の手がピタッと止まった。蘇雪は士豪の顔を見つめた。彼はまるで今しがた自分の口にした言葉が「明日雨が降るらしいよ」かのようにけろりとしていた。

どのように返事すればいいか脳味噌をフル回転させて考えている間に沈黙ばかりが続き、同僚達も静かに二人を見守っていた。蘇雪はできるものなら士豪を傷つけたくないと考えた。傷つけずうまく断る言葉を身体中掻き回しながら探し求めた。しかしどうやら自分の沈黙は照れから来る好意的なものと取り違えられ、それが逆に相手に希望を持たせてしまっているらしいということに、少し遅れて気が付いた。そう気付いた途端顔が火照ったのを感じ、早く何か反応をしなければならないと焦ったところ、咄嗟に口を突いて出てきたのが「ごめんなさい」という一語で、それを落とし物のようにぽろっとこぼすと、蘇雪はエレベーターに駆け込み、その場を離れた。地上に降りた時に蘇雪は既に自分の反応を後悔していた。まるで男を見かけるだけで赤くなる一昔前の生娘のような反応ではないか、と蘇雪は断ることすらうまくできない自分の不器用さを嘲笑った。

そのあと二人を見る同僚の目がなんとなく変わっていたことに、蘇雪は敏感に気付いた。暫く経つと、「彼は貧乏ではあるけど、なかなか勤勉な好青年だぞ」と言われなくても分かるようなことを言ってきて二人の交際を奨めようとする同僚まで出てきた。士豪は返答を迫ってきたりこそしなかったものの、仕事中のちょっとした仕草や目配せから、返事を待っているのが分かる。蘇雪は心の中で深い溜息を吐いた。自分は同僚として、友人として付き合っているのが一番楽しいのに、何故世の中の人はとかく恋愛に持っていきたがるのだろう。結婚は恋愛の墓場という言葉は世の中にあるようだけど、蘇雪にしてみれば恋愛こそがあらゆる関係の墓場で、恋愛感情という不純物が混ざるとどんな純粋な関係性も変質し、それまでの積み重ねを台無しにしてしまう。

そろそろきちんと返事をしなければと思い、ある日の仕事終わりに蘇雪は士豪を呼び出し、新宿三丁目駅の地下通路に潜り、人目のつかない隅っこでこう伝えた。

「好きになってくれたのは嬉しいけど、ごめん、私は恋愛に興味がないんだ」

蘇雪としては正直に自分の状態と気持ちを伝えたつもりだったが、士豪は失望を隠せずがっくりした表情になり、暫く黙ってから、

「やっぱり僕、貧乏だから?」と振り絞るように言った。

蘇雪は慌てて頭を振った。「そうじゃない、貧乏かどうかは関係ないんだ。私は恋愛に興味がない、それだけのことだよ」

「ふざけんなよ」士豪は急に激昂した。怒りを露わにした士豪の顔を蘇雪は初めて見た。「そんな言い訳をするくらいなら、もっと正直に、貧乏とは付き合えないって言ってくれた方が清々するよ」

蘇雪は面倒くさくなり、そんな嘘を聞いた方が気持ちいいというのなら言ってあげようかと投げやりな気持ちになった。しかし考え直して、自分がそんな悪役を引き受ける筋合いはどこにもないと思い、もう一度士豪としっかり向き合って、一語一語ゆっくりと説明を試みた。

「不是借口《言い訳じゃない》。我《私》対《は》、恋爱《恋愛には》、真的《本当に》、没兴趣《興味がないんだ》。拜托你《お願いだから》、了解《分かって》。」

蘇雪と見つめ合う士豪の目に、何かを悟ったような色が浮かび上がった。

「そっか、そういうことか」士豪は独り言のように呟いた。「本当に男に興味がないんだ」士豪は蘇雪の顔を見つめたまま、両手で蘇雪の左手をそっと握って、包み込ん

だ。「君は、蕾丝边《レズ》なんだな？」

　士豪の言葉に蘇雪はしばしぼうっとした。しかし蘇雪の返事を待たず、士豪はひたすら喋り続けた。「ごめん、僕、そういう人に会うのが初めてで、どう反応すればいいか分からない……そうだ、確かに君は男っぽいよな……でもやっぱり女なんだから、試してみれば男は好きになれるんじゃないかな……いや、分からない、ごめん、今の言葉忘れてくれ」

　否定するのも馬鹿馬鹿しくて、蘇雪は摑まれた手を思いっきり振り解いた。「反正《とにかく》」蘇雪は身を翻して、士豪に背を向けたまま言った。「あんたとは付き合えない。諦めな」

　士豪にリアクションを取る時間を与えず、蘇雪は歩き出し、路線の確認もせずそのまま一番近い改札に入っていった。

「Aセクだって、言ってないの？」

　蘇雪の話を聞いて、利穂はそう訊いた。

　蘇雪は頭を振った。「言ったって分からないだろうから、結局説明しないといけないよな」

「それもそっか」と利穂は言った。

Aセクシュアルという言葉を教えてくれたのは利穂だった。初めはそんな言葉に自分自身を当てはめることに少し抵抗を覚え、

「何でも名前をつけて、カテゴライズする必要はないんじゃないかな」

と反論した。すると利穂は、

「カテゴライズされることで自分自身の存在に対する安心感が得られるのなら、してもいいんじゃないかな？　だって、言葉がないのはあまりにも心細いんだもの」と静かに言った。「同性愛者に両性愛者、そしてトランスジェンダー。先人は大変な苦労をしてやっと自分に名前をつけることに成功した。名前というのは、自分は一人じゃないってことの証拠なの。そして名前がないのは、生まれていない、存在しないも同然よ」

私も、自分にとってしっくり来る名前を探すために、随分時間をかけたの。そう前置きをしてから、利穂は自分のことを話し始めた。

利穂は高校は女子校だったが、当時周りの同級生は恋人がいることがステータスと言わんばかりに我先にと彼氏を作り、次々と処女を捨てていった。みんなで集まって

雑談すると、誰々の彼氏が格好いいとか、初体験はどんな感じだとか、そんな話題ばかりだった。「利穂ちゃん、彼氏作らないの？」と気遣われたり、「処女なんて取っとくもんじゃないよ、さっさと捨てな」と嘲《あざけ》られたりすると、利穂は肩身の狭い思いをした。別に処女が大事だと思っているわけではないが、積極的に恋愛したりセックスしたりする気にはどうしてもなれなかった。

「利穂ちゃんはあれかな？　恋愛恐怖症？」

グループの女子の誰かがそう言った。「ネットで読んだことあるよ。過去の恋愛のトラウマとかなんとか」

「えー、利穂ちゃん、恋愛したことあるの？」別の誰かが車の急ブレーキを思わせるような甲高い声で訊いた。

恋愛をしたこともないし、何かトラウマがあるとも思わないけど、利穂も自分は何かの病気ではないかと密やかに心配していた。だから高二の時に後輩の女子にときめいた時は本当にほっとした。相手は同性だけれど、自分も恋愛ができる、他人を想えるまっとうな人間だと安心した。後輩にはその想いは伝えなかった。想いを受け入れられなかったら辛いだろうし、受け入れられたってその先のことを想像すると何故か気が進まなかった。

初めて恋人ができたのは大学入学直後のことだった。一学年上のサークルの男の先輩で、利穂としても慕っていたので、告白されるとオッケーを出した。二人は手を繋いで構内を散歩したり、遊園地や水族館に出かけたり、一緒に映画を観て感想を語り合ったりして楽しく過ごした。しかし一か月経ったあるデートの日に、先輩は急にキスを迫ってきた。大学生の男女カップルとしてこれは普通の行為だと利穂は思ってはいたけれど、やはり心の底から本能的な嫌悪感を覚えた。先輩の唇がカサカサしていて、口の中から唾液と生ゴミが混じった臭いがした。鼻の下の髭がチクチク刺さるし、唾液のねばねばした感触も気持ち悪いし、歯と歯がぶつかる音も耳障りだった。先輩は目を閉じてうっとり唇が触れ合うのを楽しんでいるようだが、利穂は両目を大きく見開いて、どのように反応すればいいか分からず、全身が固まっていた。程なくして先輩が舌を入れてこようとするのを感じ、利穂は反射的に唇を固く閉ざしてそれを拒んだ。唇が触れ合うだけでこんなに気持ち悪いのだから、舌まで入れられると本格的に吐き気がしそうだった。先輩が唇を離し、驚愕の目を向けると、利穂は身を翻して黙ったまま小走りしてその場を去った。

家に着くと利穂は息を切らし、手を震わせながら、ネットで「恋愛恐怖症」や「性嫌悪症」について調べ始めた。病気でも構わない、せめて自分がどんな病気なのか知りたかった。情報の密林を潜り抜けて辿り着いたのがノンセクシュアルという言葉だった。ネット上に散見される当事者の声を読むと、一人ひとり状況や感じ方がかなり違うようだが、その広いグラデーションの中に自分の身を置いてもよさそうだという安心感を利穂は覚えた。

「過程はどうあれ、結果的に自分が何者なのか気付くきっかけを与えてくれた、自分は人間としてどうかしてる、ってわけじゃないって分からせてくれたんだから、今となっては先輩に感謝している」

利穂はウォッカベースの透明なカクテルを一口啜った。利穂が語った経験は自分のものとかなり重なるところがあり、蘇雪は思わず胸の高鳴りを覚えた。

「その先輩とはどうなったの？」と蘇雪は訊いた。

「その後はね」利穂は言葉を探しているように少し言い淀んだ。「自分はノンセクかもしれない、と先輩に伝えたら、なんだそれ、病気じゃないの？　って言われちゃった。そういう欲求がないって説明したら、俺にはあるからたまには合わせてくれよ、ってね。結局理解されないまま別れちゃった」

「私も、自分は人間としてどうかしてるって思ってた時期があった」と蘇雪は言った。

「他人を愛せない、駄目な人間だと思ってた。人間として当たり前に備わっている素質と能力を与えられていない、欠陥品だと思ってた」

蘇雪は南京市の都心、大行宮《ダーシンゴン》一帯で生まれた。子供の頃の大行宮は今ほど栄えていなかったし、地下鉄駅もまだなかったが、家を出て少し歩くと複合商業施設の高層ビルが何棟も聳え立っていたし、図書館も美術館も歴史博物館もあった。

蘇雪は子供の時から本を読むのが好きで、西洋の童話も中国の神話や民間伝説もたくさん読んだ。中には王子様とお姫様のお伽噺がたくさんあった。しかしいくら読んでも、何故王子様は死んだはずの白雪姫にキスしたり、ガラスの靴が履ける女をあんなに苦労して探し回ったりするのかよく分からなかった。それを母に訊いたら、

「だって王子様はお姫様を愛しているからよ」

と言われ、なるほど愛というのはすさまじいエネルギーだと思った。『梁山伯《りょうざんぱく》と祝《しゅ》英台《くえいだい》』の中で祝英台が梁山伯のお墓に飛び込み、二人もろとも蝶々になってしまうのも、『白蛇伝《はくじゃでん》』の中で白素貞《はくそてい》が許仙《きょせん》を救うために雷峰塔《らいほうとう》の下に封印されてしまうのも、『長恨歌』の中で唐玄宗と楊貴妃が共に比翼の鳥や連理の枝になろうと誓うのも、みな恋愛のおかげだろう。生死をも超越するそんな素敵なエネルギーを自分ももうじき

体得できると思うと、早く大人になりたいと思った。

時間が経つのは遅過ぎる。自分も早く蝶々や比翼の鳥になって空を飛んでみたい。そう思った蘇雪はあることを思い付いた。大人になると恋愛が分かるということはつまり、恋愛が分かれば大人になれるということではないか？　ならば恋愛をしてみればいいんだ、と蘇雪は思った。

しかし、どうすれば恋愛ができるの？　と母に訊いても、子供にはまだ早いよ、としか言われなくて、結局何も分からず、蘇雪は自分で答えを探すしかなかった。蘇雪はそれまで読んできたたくさんの愛の物語を思い出してみた。すると、物語の中の男と女は大抵身を寄せ合ったり、抱き締め合ったり、場合によってはキスしたりするらしいということが分かった。自分は女の子なので、つまり物語の中の主人公達がしているようなことを男の子としてみればいいのだと蘇雪は思った。

一人っ子政策のもとで蘇雪は例にもれず一人娘なので、男の子は家にはいなくて、学校で探すしかなかった。翌日蘇雪は小学校の休憩時間の廊下で、隣の席の男子をふいに抱き締め、唇を彼の唇につけた。男子はびっくりしたようで、全身が硬直したまま立っていた。一瞬の間があり、男の子はハッと気が付き、「你干嘛啦《なにすんだよ》」と怒鳴りながら蘇雪を突き飛ばし、蘇雪は尻餅をついた。しかしその抵抗はもう手遅れで、二人の接触を周りの同級生はしかと目撃していた。ややあって、花火が打ち上がるように歓声があちこちからどっと湧き上がった。

「男生愛女生《男が女に恋してる》！玩亲亲《チューしてる》！羞羞脸《恥ずかしい》！」

がやがやと騒ぐ同級生達に、男子は顔を真っ赤にして、「闭嘴啦《黙れ》！才没有《そんなことねーよ》，别乱讲《勝手なこと言うなよ》！」と怒鳴りつけたが、歓声は一向に収まらなかった。しかし蘇雪は別のことが気にかかっていた。男の子を抱き締めたし、キスもしたのに、恋愛のことはやはり分かった気がしない。だって、もし分かっていれば、今頃はもう蝶々か鳥になっているはずだから、なっていないということはつまり分かっていないということだ。それともう一つ、キスはこちらからしたというのに、なんでみんな口々に「男生愛女生」と騒いでいるのだろうか。「女生愛男生」じゃ駄目なのだろうか。みんなが「女生愛男生」と言ってくれないせいで自分は恋愛に成功しなかったのだろうか。

何故そんなことをするの？　と担任の先生に訊かれ、正直に答えると、先生はぷっと噴き出し、そして表情を改めて蘇雪を諭した。

「これは急いでもしょうがないことなの。いい？　大人になったら分かるの」

後になってその一件を思い出す度に蘇雪は居た堪れず穴にでも潜りたい気分になるが、しかしそれはまるで予言のようで、蘇雪は結局恋愛というものを知らないまま大人になっていった。

　中学生の時、蘇雪はいつも家の近くの朝食店で朝ご飯を買ってから、食べながら学校まで歩いていった。朝食店といってもタイヤ付きのおでんの屋台のような小さな露店に過ぎず、朝食の時間帯になるとこのような露店は手品のようにすっと現れて道端にずらりと一列に並んで、包子《バウズ》(1)、饅头《マントウ》(2)、馅儿饼《シャルビン》(3)、油条《ヨーティアウ》(4)など朝食の定番を売っていた。大抵の店は一人で切り盛りしているが、蘇雪がよく朝食を買う店は店主の五十代に見えるおじさんの他、十代後半に見える若い男が手伝っていた。その店は豆乳も濃くて美味しいし、包子も肉がたっぷり入っているからよく行ったが、通ううちに店主と若い男とすっかり仲良くなり、店主は時々おまけで饅头をつけてくれたり、豆乳をプレゼントしてくれたりした。

「君は今、中学何年生？」

　店主が朝食を作っている間、手が空いていれば若い男は時々蘇雪に話しかけた。柔

(1) 肉まん。
(2) あんの入っていない中華まん。
(3) 捏ねた小麦粉の皮で肉や野菜を包んで焼いたり揚げたりしたもの。
(4) 小麦粉を練って棒状にし、油で揚げた中華風長揚げパン。

らかく湿っぽい朝の陽射しが滲んでいる中、二人は二言三言、これといった着地点も求めず漫然と言葉を交わした。

「二年生」と蘇雪は答えた。

「二年生か……」手入れが面倒臭いからいっそ全部剃ってやったというような坊主頭をコンコンと叩き、男は言った。「二年生って何を勉強するもんなのか全然覚えてないや」

男の本名を蘇雪は知らないが、店主の父から阿輝《アホイ》と呼ばれていた。阿輝の顔は陽射しをたっぷり浴びているような色をしていて、おでこは顔の面積の三分の一を占め、蜈蚣《むかで》のような眉毛は辛うじて左右に分かれるという風貌だった。少し寄り目気味で、まるで一メートル先までしか見えないかと思わせるような目だった。朝食の手伝いをする時はビニール手袋を嵌めていてよく見えないが、阿輝の両手には斑点のようにところどころ黒ずみがあった。

「エンジンオイル」阿輝は照れ臭そうに言った。

阿輝は勉強が苦手で義務教育の中学卒業後には進学せず、自動車の修理工場に弟子入りして車の修理を習っている。朝は父親の手伝いをしているが、朝食の時間帯が過ぎると店も仕舞うので、そのあと工場へ向かうという。毎日素手で車の部品に触れているからエンジンオイルがすっかり肌に染み込み、洗っても洗い落とせないらしい。学校で作文を書く時よくボールペンのインクや鉛筆の黒鉛で小指が汚れて、そのたび嫌になって休憩時間になるとさっさと手を洗いに行ったが、両手で十本の指とも汚れてしまうなんて自分ならきっと耐えられないと蘇雪は密やかに思った。

「しょうがないさ、この馬鹿息子、お嬢さんみたいに頭が良くないし、朝食ばかり売ってても将来性がないから、せめて手に職って思って、弟子に出したんだ」店主は口ではそう言っているが、笑う顔には大事な一人息子を自慢する色が隠せない。「今は時代が変わってねぇ、勉強だけが偉いってわけじゃあねぇんだ。ほらあれ、何て言うんだっけ……そうだ、行行出状元《芸は道によって賢し》って言うしさ」

　当時の中学では恋愛禁止だったけれど、校則は人の心の動きまでは封じ込められず、クラスのあちこちから色恋沙汰の噂が立っていた。もちろん先生や学校には内緒で、ばれたら怒られるだけでなく、校則で処分され進学にまで響きかねない。同時に、主に男子が中心だったが、まともな手段では手に入らないアダルトビデオや有名女優の裸の写真がオンラインストレージサービスを通してクラス全体、場合によっては他のクラスにも共有された。

　そんなことに蘇雪は特に興味はないけれど、みんなと仲良くするために恋愛話にはきちんと耳を傾けるし、ビデオや写真だってダウンロードしてこっそり目を通した。何故アダルトビデオの中の男女はそんな嘘くさい演技をするのか、何故人気アイドルや人気俳優は自ら進んで裸の写真を撮らせたのか、そして何故そんなもので同級生たちはいちいち興奮するのか、蘇雪にはよく分からないし、同級生が感想を語り合っている時もいつも黙って聞いているだけだった。幸い、誰も真面目に感想など言っておらず、多くの場合は無意味な感嘆詞を連発しているだけだから、蘇雪の沈黙は特段目立ちはしなかった。

蘇雪はやはり恋愛というものを経験したことがないけれど、恋愛をしたところで蝶々や鳥になれるわけでも、死んで蘇れるわけでもないと分かったからもう焦ってはいない。三年生に上がると高校の受験勉強で一気に忙しくなり、ますますそんなことを考える余裕がなくなった。

ある日朝食を買う時、週末一緒に出かけないか、と阿輝に誘われた。蘇雪としてもたまには受験勉強から解放されてリラックスしたいと思っていたから、その誘いに乗った。ゆっくり散歩したいということで、二人は明孝陵《みんこうりょう》に行くことにした。

「実はずっと疑問に思ってることがあるんだ」

冬の陽射しはとてもけち臭く、幾重もの篩《ふるい》にかけられて残滓《ざんし》だけが地面に零れ落ちたという具合だった。樹木の多くは冬枯れしていて惨めな枝だけが天に何かを乞うているように伸びていて、辛うじて葉っぱを保っているものも暗い黄色か赤に転じていた。獣の石像が立ち並ぶ神道を、散らばる銀杏や楓の枯れ葉を踏みつけて歩きながら、二人はいつものように雑談していた。「大行宮に十何年も住んでいるのによく分からないんだけど、特に宮殿もないのになんで大行宮というんだろう」

「行宮《あんぐう》ってのは、昔の皇帝が巡幸《じゅんこう》する時に泊まる宮殿のことだよ」蘇雪は説明した。「康熙帝《こうきてい》の時から、何人もの皇帝があそこを行宮にしてたから、大行宮って言うんだ」

「宮殿はもう残ってないの？」

「ほとんど取り壊されたよ。あなた達の店から数分歩いたところに江寧織造《こうねいしょくぞう》博物館って博物館があるんだけど、それが行宮の名残りだよ。行ったことないの？」蘇雪のクラスでは歴史の授業でみんなで見学に行った。

「聞いたことはある」

明孝陵は中山陵《ちゅうざんりょう》の西にあり、二つの陵墓と更にその北の山脈も合わせて大きな鍾山《しょうざん》を成している。明孝陵の中心である寝宮――つまり皇帝の墓――に繋がる神道だけで敷地が非常に広く、くねくねしている上に上り坂だから歩くだけでかなり疲れる。途中に孫権の墓や、紅楼夢《こうろうむ》をモチーフとした庭園もあり、通り過ぎる度に蘇雪は興味津々に見回しながら写真を撮った。阿輝はただ静かに傍で蘇雪を見つめていた。

「それ、携帯電話？」と阿輝が訊いた。

「智能手机《スマートフォン》。写真も撮れるし、ネットにも繋がる」と蘇雪が答えた。それはスマートフォンが普及し始めたばかりの頃で、蘇雪は誕生日プレゼントとして両親にもらったのだった。それを聞いて、阿輝は黙って何回か頷いた。

石でできたアーチ形の金水橋《きんすいきょう》を渡り、もう少し先へ進むと、瑠璃瓦《るりがわら》の屋根に朱色の高い壁が見えてきて、壁にはアーチ形の門が三つ、その両隣には四角い門が二つ設けられていた。しかし開いているのは真ん中の門だけで、それ以外の門は朱色の扉が閉ざされていた。石碑が祀られている宮殿やいくつかの朱色の門を通り抜け、更に橋を渡ると大人を十五人足したくらいの高さの灰白色の城壁が目の前に立ち現れ、その上にはやはり瑠璃瓦の屋根の朱色の宮殿が物々しく鎮座していた。城壁の裏の階段を上っていくと宮殿に上がれて、そこから見下ろすと、樹々が生える冬の山の風景が眼下に広がった。

「ここが墓の中心だね」と蘇雪が言った。「この後ろに皇帝が埋葬されている」

「そっか」と阿輝が言った。「で、ここに埋めてあるのは何ていう皇帝なの？」

「え？　知らないで来ちゃったの？」蘇雪はびっくりして思わず大声を出してしまっ

た。「明代に、南京で埋葬された皇帝はたった一人、明を開いた太祖・朱元璋《しゅげんしょう》だよ」

「そっか、朱元璋、聞いたことがある」阿輝は恥ずかしそうに笑いながら言った。

「皇帝のお墓って、一人で山一つ使うんだね」

「中国は広い。山はいくらでもある」と蘇雪は言った。「朱元璋の次の皇帝が都を北京に移したから、それ以降の皇帝の陵墓は北京にある。『明の十三陵』って言うんだ」

「君は本当に頭がいいんだね」

「いえいえ、常識程度くらいしか知らないから」

言葉を口に出してから蘇雪はハッとした。これではまるで、阿輝に常識がないと言っているようなものではないか。阿輝に常識がないのではなく、二人にとっての常識が大きく異なっているだけのはずだ。しかし訂正するのもわざとらしいので、蘇雪はそのまま黙り、城壁の上から来た道を眺めた。阿輝も何か考えているように、無言で景色を眺めた。

城壁の上から俯瞰すれば、先ほど歩いてきた石畳の歩道と橋は足元から前方へ続き、霧のかかった遠くの森に隠れて消えた。歩道には三々五々観光客が漫《そぞ》ろ歩いており、両側の樹木は半分禿げていて、枯れ枝の合間にみすぼらしい茶色の葉っぱが風に吹かれるがままに戦《そよ》いでいた。時おり枝にお別れして舞い落ちる枯れ葉もあった。背中まで届く髪も風の流れと共に微かに揺れて、髪の毛の間を風が通り抜けていく感触が蘇雪には気持ち良かった。

ふいに髪に異状を感じ、振り向くと隣に立っている阿輝が手で自分の髪を撫でていることに気付いた。そして反応する間もなく、阿輝の両腕によって自分が抱き寄せられたのを感じた。困惑したまま蘇雪は一瞬反応に窮し、ただぼうっとしていて、まるで抱き締められているのは自分ではなく何かの抜け殻のようだった。顔を上げるとそこに阿輝の突出した喉仏があり、その時初めて阿輝が自分よりずっと高く、ずっと力強いことに気付いた。ぼんやりとした意識の中でぽつりと浮かび上がったのは、明太祖の墓でこんなことをしているなんて、明代なら大不敬の罪を問われ凌遅刑《りょうちけい》になるに違いないだろうな、という考えだった。

「やめて」

一拍空いてやっと状況に意識が追いつき、蘇雪は渾身の力で阿輝を突き飛ばした。しかし阿輝は突き飛ばされてなどいなくて、何歩か退《しりぞ》いただけだった。見上げると阿輝の目には驚きの光がちらついていたが、驚くのはこちらの方だろうと蘇雪は思った。蘇雪は気まずくなって、一刻も早く阿輝の視線の届くところから離れたいと思った。

「もう帰る。今日はありがとう」

そう言い残して、蘇雪は城壁を下り、山を下りていった。世界中の人が自分を見つめているように感じ、道中一度も振り返らず、顔すら上げず、俯いたままとぼとぼ歩いた。歩きながら、自分が小学校低学年の時に隣の席の男子にしたことをふと思い出し、我ながら馬鹿だったなと心の中で苦笑した。

その日のことを蘇雪は両親を含め誰にも言わなかった。男に好意を寄せられ、自分も拒絶の意思を表明したのだから、ことはそこで終わった、一件落着のはずだと蘇雪は心の中で結論付けた。

しかしそう考えているのは蘇雪の方だけだったようで、翌週の朝、いつも通り阿輝の店に朝食を買いに行くと、店主は蘇雪を見るやむっとした顔になり、

「君は勉強ができるからって、人を見下すんじゃないよ」

と低くて無表情な声音で言った。

蘇雪は身体の奥底から寒気が四肢へ広がっていくのを感じた。「どうかされましたか?」蘇雪は努めて冷静な表情で訊いた。

「どうせうちは貧乏だから、お嬢さんとは釣り合わないんだけどさ」店主は両目を細めて射貫くように蘇雪の顔を見つめた。「確かにうちは銭がないけどよ、人間としての誇りってもんがあるんだ」

一体何を言われているのか理解できず、蘇雪はただぼやっと突っ立っていた。言うことを言って、店主は蘇雪の存在を無視し、視線を手元に戻して朝食作りを再開した。まるで彼女はただそこら辺に立ち昇っている煙か霧かのようだった。隣の阿輝に目を向けても、彼は視線を逸らすだけで何か発言しようとする意思が感じられなかった。ややあって蘇雪は辛うじて言葉を絞り出した。

「私は元々そういう気がなかったんです。貧乏だからとか、そういうわけではありません」

「そういう気がないんならなんで息子と二人きりで出かけたんだ?」

店主は顔も上げずにぽろりと言った。「それって誘ってるようなもんだろ?」

それは誘っているのか。いや誘われたから行っただけのはずなのだが。朝食を買うのを忘れ、学校へ向かいながら、蘇雪はぼんやりと店主の言葉について考えた。自分は恋愛のことが分からないから、人間として何か部品が欠落しているから、そういう不文律、他人の心の機微が理解できないのだろうか。全ての人間に共有され理解されているものが存在しているにもかかわらず、自分だけが置いてけぼりにされている。何かの旋律に乗って周りの人達が踊り狂っているのに、自分だけがその旋律が聞こえず、輪の中心で立ち尽くしている。そう思うと、恋というものを知りたい子供時代のように、蘇雪は再び焦り出した。
高校に入り、恋愛は親や先生に隠れてこそこそやるものではなくなってから、それまで抑えつけられていた同世代の人達の若い情念が一気に解き放たれ至るところで次々と芽を吹き出し、すくすくと育ち緑葉を茂らせ鮮やかな花を咲かせ、それが蘇雪の焦りをより一層強めた。周りに合わせて試しに二、三人と付き合ってみたがどれもうまくいかなかった。別れた人に憎まれ、そのうち何故かあちこちから様々な良からぬ噂が立ち、蘇雪には全てが息苦しく感じられた。折しも東京の大学が蘇雪の高校に来てとある国際教養コースの入試の宣伝を行った。その説明を聞いた蘇雪は入試願書を手に取った。

〈ポラリス〉を出て左折し、少し歩くとメインストリートの仲通りに出る。石英の結晶のような六角柱状の街灯が青白い明かりを放ち、クリスマスシーズンのイルミネーションも黄赤色に煌めいていた。それに負けじと雑居ビルのネオン看板が行列を成してがむしゃらに光を振り撒き、街路樹の不格好な枯れ枝に燃え移るかのようだった。それらの光を浴びながら、人々は夜の暗がりのフードを深く被り、飲んで笑ってはしゃいで、どこかから現れて何かを探し求め、またどこかへとすっと消えていった。冬の夜にもかかわらず、何軒かの店のスタッフが露出の多いドレスを身に纏い道端で客の呼び込みをしていた。道端には表面の錆びたトランスボックスや塵の積もった空調設備の室外機や自動販売機が無秩序に立っていて、その多くには上にビールケースや飲み干した缶と瓶が置いてあった。表示灯が「空車」と赤く灯っているタクシーが四、五台、一列に並んで仲通りをゆっくり進みながら酔客を待っていた。

二丁目という街は夜になると姿を現す巨大な蟻の巣のようだと蘇雪は思った。こんなにもたくさんの蟻が棲息し、夜な夜な部屋と部屋を行き交っているが、巣の全体像を把握している蟻は一体どれくらいいるのだろうか。本物の蟻だって、一匹一匹同じように見えても、本当は違う個性を持っているのかもしれない。中には同性と交尾するものや、交尾という行為とは無縁なまま生涯を終えるものもいるかもしれない。

利穂は右手で蘇雪の左手を握り、傍で歩いていた。二人とも手がかじかんでいたが、互いの手を握っていると温もりが生まれ、身体の中からふんわりと何か暖かい塊が昇ってきて四肢へ広がり、それが蘇雪を安心させた。恋愛を知らなくても、人間の温もりを知っている自分もまた完全な人間だと、蘇雪は思った。

仲通りと花園通りの交差点にはいつも巨大で目立ったＨＩＶ検査の広告看板が掲げられている。その交差点を右へ曲がり、花園通りを直進すると二丁目と三丁目を分かつ御苑大通りに辿り着き、そこから地下鉄駅に入れる。御苑大通りを渡ると蘇雪のバイト先の中華レストランがある。一本南の狭い裏通りへ行くと〈リリス〉というレズビアン系のバーや、〈ラウンジ・トワイライト〉というクラブや、薄汚れたビジネスホテルが立ち現れるが、広めの花園通りにはそのような店がなく、タイ料理、韓国料理、台湾料理の店や、信用金庫、月極駐車場が並ぶ。

御苑大通りに出た時スマホの通知音が鳴った。蘇雪は立ち止まって鞄から取り出し、ロックを解除し、暫く画面を見つめた。

「誰から？」と利穂が訊いた。

「士豪……告ってきたその男から、メッセージが」と蘇雪は言った。「私のことをもっと知りたいと思って、同性愛者が集まるという二丁目に一人で来てたら、道に迷ってて、言葉もできなくて道が訊けないから、助けてって」

「何それ、随分と可愛い男じゃん」利穂はぷっと噴き出した。「助けに行ってあげたら？」

蘇雪はまだ少し迷っていた。「でも」

「逃げてたってしょうがないんじゃない。向こうは正直な気持ちを伝えてくれたんだから、こっちもちゃんと説明してあげたら、分かってもらえるんじゃないかな。一緒に行ってあげるから、ほら」利穂は上半身を捻って、来た道へ引き返そうとした。

「行こうよ」

利穂の前髪は寒風に微かに揺れて、栗色の毛先は御苑大通りを流れていく車のヘッドライトを反射して艶っぽく光っていた。小さな唇に柔らかい笑みが浮かび、二重瞼の下にある二つの大きな瞳がまっすぐ蘇雪を見ていた。その顔を一頻り見つめた後、蘇雪はやっと決心がついた。

「分かった」蘇雪は頷いて、もう一度スマホの画面ロックを解除し、微信《WeChat》の通話ボタンを押した。「行こう」

発信音が鳴り出したと同時に、二人は身を翻し、再び仲通りへ歩き出した。

夏の白鳥

空っぽになった店内をぐるりと見回しながら、北星夏子《きたほしなつこ》は心の中で溜息を漏らした。

――また、一夜。

水時計の雫のように、一つまた一つの夜が、ぽと、ぽとと滴り落ち、積み重なって歳月となる。早いもので、ポラリスで過ごした夜はとっくに四千を超えている。四千もの夜の中で、一人もお客さんが来なかった夜もあれば、開店から閉店までずっと満員だった夜もあった。記憶に全く残らないような夜もたくさんあるが、一生忘れられないような夜も数多くあった。

今夜は比較的普通の夜に見える。終電が過ぎたばかりのこの時間帯に店ががらんと空くというのはよくあるパターンで、何故ならオールするつもりのないお客さんが終電前に帰っていくし、元々オールのつもりで遊んでいるお客さんがまだ流れてこないからだ。もう少し夜が更けると、二軒目、三軒目とハシゴする人や、クラブイベントで遊び疲れて静かなバーで一休みしたいと思う人が入ってくる。土日祝の前日は特にそんな傾向が顕著だ。

「ちょっと、一服してくるね」

グラスを洗っているあきらにそう伝え、夏子は灰皿を持って店の外に出た。引き戸を閉めようと振り返った時、カウンター内にいるあきらが澄み渡る微笑みを浮かべて自分を見つめているのが見えた。無垢で、幼い微笑み。外気はひんやりと冷たいが、その笑顔を見ると夏子は身体の奥底から暖かい流れが湧いてくるのを感じた。

ドアのすぐ隣の壁に凭《もた》れかかり、夏子は煙草を一本口に咥え、火をつけた。深々と一口吸い込んで、煙草の香りが肺を満たしてくれるのを感じてから、宙に向かってゆっくり吐き出す。白い煙が息と共に噴き出され、ゆっくりと昇り、虚空にすっと消えていく。煙草の先端が徐々に白っぽい灰になっていく様を、夏子は静かに見つめていた。

〈Lの小道〉と呼ばれるこの五十メートルくらいの狭く短い横丁には、レズビアン系の店舗が何軒も集まっている。L字の角を曲がるとポラリスより少し歴史が長い老舗〈アシオー〉が一階に居を構えている。深緑の木製のドアが少し開いていて、ドアの隙間から談笑の声が途切れ途切れ漏れ聞こえてくる。向かいのビルの一階にはその姉妹店の〈あじゃれ〉がある。店内には暖かそうな橙色の光が灯っており、それがすりガラスのドアに透けてぼんやりと見える。その横のビルの二階に〈バー・テン〉といっう、ポラリスよりも狭いが十席も入る店が入居している。体育会系の店で一見さんお断りというわけではないがお客さんは常連が多く、今夜も窓が開け放たれていて、防寒用のビニールカーテン越しに客達がはしゃぎながら乾杯しているのが外からでも見える。

新宿二丁目には四百軒を超えるバーが営業していると言われているが、そのうち女性向けの店は三十にも満たない。女性の平均収入が男性の七割というこの国の現状を考えれば無理からぬことではあるが、だからこそ女性だけの店も必要だと夏子は思っている。近年、オールジェンダーミックスに転向する店も増えているらしいが、夏子が経営方針を変えようとしないのはそれが理由だった。四千もの夜を見送っていると、この街が世の中と共にどんどん移ろい変わっていくのが身に沁みて分かる。遊びに来る若い子達が昔よりずっと胸を張っているように見え、家や会社でカミングアウトしている人も少なくない。ノンケの同僚と一緒に来店することはよくあるが、母親を連れてきたお客さんまで現れたのは流石に驚いた。ここ数年ではYouTubeとかいう動画サイトで自らのセクシュアリティを公表して情報発信している人もいるし、パンセクシュアルとかデミセクシュアルとかノンセクシュアルとかAセクシュアルとか、昔は全く聞いたことがないし今でも意味がはっきり分からない言葉をたくさん耳にするようになった。少し戸惑いはありながら、これは良い変化だと夏子は思った。しかし変わらないものもまた必要だと夏子は信じている。

初めて二丁目に来たのは二十五年前で、それはパソコンも携帯電話もまだ普及しておらず、インターネットがなく、郵便番号が五桁の時代だった。夏だけれど梅雨の真っ最中で、その日はことに大雨が降り頻っていた。まばらに点在するネオンが雨で滲んで見え、湿っぽい光の中で夏子はビニール傘を差しながら、仲通りを南から北へ、そして北から南へと一人で何度も彷徨した。

実家の群馬県を離れ、東京の有名私大に入学したのはその四年前だった。当時は元号が変わったばかりで、バブルが膨らみ続ける時代だった。その大学に入ると大企業での就職が当たり前、将来が保証されているようなものだから、夏子の両親はもちろん、夏子自身もウキウキしながら上京した。経済学部だからか同級生の多くは金儲けに意識が高く、銀行に金を借りて株の売買に精を出す人も少なくない。株価と不動産が年々上がっている中でそれがかなり儲かったらしく、配分と利益だけでヨーロッパ周遊の資金まで手に入れた人もいた。夏子は株には手を出さなかったが、それは特に必要がないからで、何故なら自分で稼がなくても食事代やディスコ代、タクシー代など、金を払ってくれる男なら周りにはいくらでもいた。一年生のほとんどの週末を、夏子は太ももが見える短く煌びやかなドレスを身に纏ってディスコで踊り明かした。何故そんなことをするのか夏子は特に疑問に思うこともなく、ただ周りに乗っていただけだった。周りに乗っていれば目の前に敷かれているレールに当たり前のように乗っかり、進級、卒業、就職、結婚ができると夏子はなんとなく思っていた。

就活生の先輩達からは色々なエピソードを聞いた。当時就職が決まらない人は一人もいなかった。大企業では千人単位の大量採用を行っていて、内定が出ると企業からパーティー、温泉旅行、クルーズ旅行の招待が届いた。よその会社に行くと言い出すと車を一台プレゼントされて引き留められる人もいたそうだ。企業説明会に出るだけでお金がもらえるから、就職する気もないのにあちこち行ってお金をもらい、起業資金に充てる人もいたらしい。先輩達の話を聞いていると、上位の成績を保っている夏子は自分も簡単に大企業に就職できるだろうと思っていた。

ところが三年生に上がるとバブル崩壊が始まった。最初は株価が急に落ちたが、それは一時的な現象だと多くの人は思っていた。夏子もまたバブルの余韻に浸って、就活の準備もせず毎週赤いハイヒールを履いて友達とディスコに通い詰めた。異常を感じ始めたのは就活が本格的に始まってからで、何社か面接を受けたが悉く落とされた。選考の途中でいきなり新卒採用自体を打ち切ると発表した企業も出てきた。周りの就活生、特に女子は思い通りに決まらない人が多く、話が違うんじゃないかとみんな口々に愚痴を零した。そのうち誰から見てもバブル崩壊が明らかになり、四年生に上がった夏子はやっと危機感を覚え始めた。同じ頃から書類選考で落とされることが多くなり、面接まで漕ぎつくことすら難しくなった。中野にある六畳のワンルームに不採用を知らせる手紙が一通また一通届き、そのうち開封しなくても封筒の重さだけで結果が分かるようになった。

卒業まであと半年の頃、東京での就職がうまくいかないなら地元に帰って働こう、と夏子は思った。求人を出している会社を何社かリストアップし、一社一社電話をかけて資料を請求した。しかし夏子の学歴を聞くと「うちは大学を出た女は取らないから」ときっぱり言われ、電話を切られるのがほとんどだった。そのうちの一社には、「まあ、取ってもいいけど、高卒の給料しか出せないからね」とまで言われた。

卒業式に夏子は出なかった。家で履歴書を書いていたのだ。理想の企業とは言い難いにせよ、同級生の男子はほとんど就職先が決まった。女子はまだ決まらない人が大半で、とりあえず職にありついた人でもデパートガールや販売員のようなサービス業がほとんどだった。中には一般企業での就職を諦めて公務員試験の勉強を始めた子もいた。公務員になるのが負け組という見方が当時はあったが、夏子もそろそろ選択肢に入れなければならないのだろうと考えた。

二丁目に足を踏み入れたのはほとんど気まぐれだった。それは六月中旬の金曜の夜、新宿にある広告代理店の一般職の面接を終えた後だった。別に広告代理店に興味があったわけではないが、まだ求人があって大卒の女性も採用していそうな会社は限られていた。夏子は片っ端から履歴書を出した。面接中に四十代後半に見える男性面接官はリクルートスーツのスカートから覗く夏子の両足に何回もちらりと目をやり、彼女の話には耳を傾けているのかいないのか、無表情に頷いていただけだった。外に出たら雨が降っていて、夏子は傘を持っていないことに気付いた。慌てて近くのコンビニまで走り、ビニール傘を購入したが、足を包むストッキングはとっくにびっしょりと濡れていて、パンプスの中も足汗と雨水が混じり合ってぬめぬめしていて気持ち悪かった。胸の辺りに硬い塊がつっかえているように感じられ、そのまま家に帰る気にはなれなかった。お腹が空いたので、近くのカフェに入り、アイスコーヒーとたまごのサンドイッチを頼んで、それを食べた。コーヒーにはたっぷりとガムシロップを入れた。それからぼうっと店の中で暫く座り、ガラス張りの壁越しに雨に濡れた街をぼんやり眺めた。店を出たあとは特に行くところもなく、傘を差して夜の暗がりを背負いながら、新宿駅に向かって俯き加減にとぼとぼ歩いた。御苑大通りの信号で立ち止まってふと見上げると、「新宿二丁目」と書いてある標示板が目についた。

新宿二丁目がゲイタウンとして有名なのは夏子もぼんやりながら知っていた。大学在学中に何度かテレビや雑誌で取り上げられているのを見たことがある。しかしそれはどこか海を隔てた遠くの異国の無人島のように、自分とは関係がないところだと思っていた。ところが実際に「新宿二丁目」という五文字の書かれた標示板を目にした途端、心の中で何かが突き動かされたように、夏子には感じられた。まるで作り出されてから一度も回ったことがなくそのまま錆びかけた歯車が、その五文字が潤滑油となり、ようやく回り出したかのようだった。何故そうするのか自分でも分からないまま、夏子は身を翻し、新宿二丁目と名付けられたそのエリアに入っていった。

そこは思ったより暗く、寂れた街だった。夏子が想像していた、派手な格好をした毒舌なオカマは特に見当たらず、歌舞伎町や渋谷のようなネオン煌めく繁華街にも程遠かった。ネオン看板と言えば、コンビニ、蕎麦屋、そしてカフェくらいのものだった。まばらに飲み屋と思われる看板もあるにはあるが、数はそんなに多くない。人影もあまりなかった。たまに背広姿の男がどこかからふと現れ、人目を忍ぶようにひたすら足早に歩き、またどこかの小道へすっと消えていった。女の人は一人として姿が見えなかった。誰かを待っているのか、夏子と同年代に見える若い男が数人、適当に間隔を空けながらあちこちの道端に立っていた。互いに知り合いなのか、夏子が通り過ぎるのを見ると近くの人と何か耳打ちをした。中には声を落とすのも億劫に思われたらしい人がいて、耳語《じご》のはずの言葉が夏子にも聞き取れた。

――ほら、レズだぜ、レズ。

冷たい雨が降っているにもかかわらず、夏子は身体中が火照ったのを感じた。実際に観たことがあるわけではないが、レズという言葉の響きは妙にいやらしく、ある種のアダルトビデオを思い起こさせた。女二人、あるいは女二人に男が一人交ざるような、そんな種類の。その言葉の語感に自分自身を結びつけることなど到底できなかった。しかしあの若い男達は「レズ」と言っている。恐らく自分を指し示して。そのことを考えると、夏子は脳天を煉瓦で叩かれたように目の前が朦朧とし、足元がふらつき、頭がぐらぐらし始めた。

土地勘がないので、西も東も分からなかった。茫然と彷徨っていると、狭い路地に入り込んだ。幅二メートルくらいの狭い路地だったが、表通りよりずっと多くの看板が入り乱れていて、雨に滲みながらも毒々しく光っていた。何棟もびっしり立ち並ぶ雑居ビルは切り立つ岩壁のように、また直立したまま固まった巨人のように、静かに路地を見下ろしていた。見上げると、細長く切り取られた空は張り巡らされた電線によって不規則に細断され、そこから雨の筋が頻りに落ちてきて、傘のビニールをスネアドラムのように叩き続けた。雑居ビルの一棟一棟にそれぞれ何店舗も入居していた。看板が灯っていて、窓のある店からも微かながら明かりが外に零れていたが、どの店も捕食者に怯える貝のように、ドアを固く閉ざしていた。ドアの外で耳を欹てると、中から笑い声と話し声が漏れ聞こえてきた。その多くは男性の声だった。何故そうしているのか、何を探しているのか自分でもよく分からないが、夏子は貝殻の中の動静を一軒一軒こっそり探っていった。

やっと女の人の声が聞こえてきたのがあちこち罅《ひび》の入った木目調のドアで、ドア枠に「会員制」と書かれた銀色の小さなステッカーが貼ってあった。看板を見上げると、赤地に白文字で〈Vénus〉と大きく書かれ、その下に小さな文字で〈ヴェニュス〉と読みが付け加えられていた。

「会員制」のステッカーと睨めっこしながら、夏子はドアの前で暫く立ち尽くした。ざあざあ降りの中でも、自分の心拍音が聞こえた。やっと決心がついてドアノブに手をかけようとした瞬間、ドアが勝手に開き、夏子はびくっとして一歩後ずさった。危うく声に出して叫ぶところだった。店から出てきたのは三十代後半に見える長髪の女性で、その後ろについて店先まで彼女を見送ったのは見た目がかなり若い男の人だった。その男は小柄な方で、身長は夏子と同じくらいだった。紺のスーツに身を固め、水玉のネクタイを締めている。七三分けの短髪を明るい茶色に染め、眉毛は細いが、二重瞼の上にくっきりと生えていた。口も鼻も小ぶりの顔に釣り合うくらいの小サイズで、誰かが念入りにこしらえた工芸品かのようだった。夏子に気付くと、男は顔中の筋肉を総動員したような大きな笑顔を作り、

「どうぞ、いらっしゃいませ」

と声をかけた。

「あ、いや」

しばし困惑したが、雨に降られながら店先に突っ立っているのもしょうがないと思った。それに立ち聞きしていたのがばれたかもしれない、そう思うと恥ずかしくて男の呼び込みを断ることができず、そのまま店に入った。店内は煙草の臭いと煙が充満していて、照明は暗めの暖色系だった。カラオケもあるらしく、女の声が演歌を歌っていた。男はドアを閉め、店の奥の方へ、

「お一人様です！」

と大きな声で叫んだ。

「いらっしゃいませ」

と何人かの男の声が唱和した。みんなスーツにネクタイを締めていて、見た目がかなり若い。客と思しき女性が四、五人くらいいたけれど、みんな三十代後半かそれ以上に見え、夏子くらいの年の人はいなかった。カラオケを歌っているのはアイボリーのソファのボックス席に座っている女で、その隣に座っている若い男の人が手拍子を取っていた。夏子がカウンター席に案内されると、他の女性は興味深そうに、舐め回すような、値踏みするような視線で彼女をちらりと見た。少なくとも夏子はそのように感じた。

新宿二丁目にもホストクラブがあるだなんて知らなかった、と夏子は思った。しかしホストクラブにしては随分と簡素な場所だなと思った。二十平米くらいの狭い店内にあるのはカウンター八席と、壁際にある四人がけの半円形のボックス席だけだった。ただ、床は板張りで、木製のカウンターとバックバーも光を反射するくらい小綺麗なものだし、天井からは薄暗いペンダントライトがぶら下がり、ボックス席の後ろの壁は鏡張りで店内を広く見せていた。内装はそれなりにおしゃれに整ってはいるが、煌びやかなシャンデリアもなければ華やかなシャンパンタワーもない。とはいえ夏子もホストクラブというものに行ったことがあるわけではないので、あるいは本物のホストクラブはこんなものかもしれないと思った。

「お姉さん、何飲みますか？」

先刻店先から自分を招き入れたホスト（と夏子は勝手に思った）が隣のスツールに腰を下ろし、話しかけてきた。

「メニューはないんですか？」

と夏子が訊くと、

「うちにはメニューがないんですよ」

とホストがきっぱり答えた。「お姉さんはお酒、強いですか？」

夏子はある種の違和感を覚えた。目の前のホストは見た目から判断して自分と同い年くらいか、ちょっと下に見えるが、どこか幼く感じられた。顔のパーツとパーツの組み合わせ方のせいか、同年代の男にしては顔が若く見えたし、顎や鼻の下もつるつるしていた。声はまだ声変わり前のようにすら聞こえた。本当は未成年で、何らかの事情でこんな店で働かざるを得ないのではないかと夏子は推し量った。

バックバーに目をやった。左側にはボトルキープと思われる酒瓶が隙間なくびっしり並んでおり、右側には何種類かのリキュールや日本酒があった。真ん中には色々な形のグラスが上下二列に置いてあった。右側の酒瓶から自分の知っている銘柄のウィスキーを探し当て、夏子はそれを指さした。

「あのウィスキー、ロックで」

ホストも夏子の指さす方へ目をやった。「ウィスキーのロックですね」そして夏子に向かってにっこりと微笑みを浮かべ、歌うような軽妙な声音で言った。「じゃ、僕も同じのを頂こうかなー」

その言葉の意味を夏子は深く考えなかった。ホストは席を離れ、カウンター内に行ってお酒を作り始めた。さほど上手くもない演歌を歌い終わった女は隣に座っているホストに、

「じゅんちゃん、もう一曲お願い！」

と言った。じゅんちゃんと呼ばれたそのホストは拍手を送りながら、カウンター内に向かって叫んだ。

「みきさん、カラオケ一曲追加！」

成り行きとはいえ、夏子は店に入ってしまったことを少し後悔した。店内には男の人と、自分よりずっと年上の女しかいなかった。自分が何を期待して二丁目に来たの

かは分からないが、これではないという確信はあった。他の女の人と話をしてみたいという気持ちもあるにはあるが、彼女達はホストとの会話に夢中だったのでなかなかタイミングが摑めなかった。ややあって、先ほどのホストがウィスキーを二杯持ってきて、そのうちの一杯を彼女に手渡した。

「乾杯！」

そう言いながら、二人はグラスを合わせた。

そのあともホストは接客に精を出し、夏子に色々話しかけたが、彼女はほとんど頷きながら聞き流した。パンプスの中は乾きかけたが、やはりむずむずしていて、濡れたストッキングが肌に貼り付いていてそれもまた気持ち悪かった。ジャケットを着ているから外からは見えないが、ブラウスがまだ背中に貼り付いていて、ブラジャーもまだ少し濡れていてひんやりしている。ここに来るべきではなかった、このウィスキーを飲んだら帰ろう、と夏子は思った。幸いウィスキー自体は香りが豊かでそこそこ美味しかった。

ところが、お会計は夏子の意表を突くほど高額のものだった。一杯しか飲んでいないのに八千円も請求された。訊けば、席料、サービス料、そしてホストが勝手に飲んだウィスキーまでもが料金に含まれているとのことだった。暫く愕然としたが、これも社会見学料だと思って観念した。しかし財布の中身を覗くと、五千円札一枚しか入っていないことに気付いた。

「すみません……」

夏子は震えた声で切り出した。「ちょっと今、そんなに持ち合わせがないのですが……」

ホストは変わらず顔に笑みを浮かべたままだったが、眉間に一瞬皺が寄せられたのを夏子は見逃さなかった。

「今はおいくらお持ちですか?」

持ち合わせの額を伝えると、ホストは席を離れ、店の奥の方で接客している別の男のところへ行き、何か耳打ちをした。その男は店内で一番年上に見え、髪の生え際が高くて額が広く、鼻の下に髭が八の字を描いていた。恐らくこの店の店長だろうと夏子は思った。若い男の報告を聞くと、夏子の隣にやってきた。

「困りますね」店長はしかめっ面で言った。「今の時間だと、ＡＴＭももうほとんど使えないだろうし」

「こ、今度お持ちしますから」

思ったより威圧感のある強気の対応に、夏子は慌てふためいた。

「常連さんならツケでもいいんですが、お姉さんは一見さんでしょ？」店長は眉根を寄せ、唇を一文字に結んだままだった。

「なぁになぁにどうしたのよ」

ふと奥の方にいた女性客が笑いを含んだ声音でそう言いながら、前の方へ出てきた。

店長が接客していた女性だった。「そんなに脅かして。ほら、怖がってるんじゃない」

夏子は女性に目を向けた。その女性は他の女性客とは一線を画すスタイルの持ち主だった。項《うなじ》にも届かないくらいのショートヘアは赤に染めていて、その毛流れは幾筋かに分かれて頭上から前髪や耳周りへふんわりと流れていた。耳たぶには小さな銀のピアスをつけていて、明かりを反射してきらりと光った。手入れの行き届いた眉は滑らかなアーチ形に整えていて、長い睫毛は上向きにカールし、潤いをたっぷり含んだ瞳にはクールな光が宿っている。鼻筋は細く、眉間から鼻の先端までまっすぐ通っていて、唇は上下の均衡が取れた形で、滴りそうなほど水分を含んでいた。決して若くはなく、肌の調子や顔の輪郭から見れば恐らく四十代なのだろう。しかし彼女の纏う雰囲気のようなものは、年の隔たりを感じさせないところがあった。早い話が美人だった。しかしそれは人にきつく感じさせるような、尖った美しさではない。あるいは若い頃はもっと尖った美人だったかもしれないが、当時の美しさを冷凍保存したまま、鋭角だけしっかり時間をかけて削り、磨き、丸く仕上げたような印象だった。かといってこぢんまりと丸まっているわけではなく、ところどころ在りし日の角の面影が残っていて、それが人を傷つけない範囲で思う存分羽を伸ばしているように感じられる。静かな炎、という表現に夏子は思い当たった。

「この子、まだ二十代前半でしょ？　仕事もまだ探してるみたいだし」女性は夏子のリクルートスーツの肩を軽くぽんぽん叩いてから、店長に向かってそう言った。「けいくんだって、二十代の頃は大変だったでしょ？　若い子にはもっと優しくしてあげてもいいんじゃないの？」

「はあ」女性に指摘され、けいくんと呼ばれた店長はきまり悪そうに頭の後ろを何回か引っ掻いた。「しかしお金は」

「だから、ボるにも対象を選んでねってことよ。お水でもそれくらい誇りは持たないと」

女性は夏子に顔を向けた。「いくら持ってるの？」

夏子は女性に伝えた。

「五千円にしてやったら？　どうせ決まった値段があるってわけじゃないでしょ？」

女性は店長に言った。「なんなら私にツケてくれてもいいよ」

「じゃ、差額の分はそうさせていただきます」

店長は夏子が渡した五千円札を受け取った。夏子は女性に礼を言い、店を出ようとしたところで呼び止められた。

「ちょっと、あんた」

と女性は言った。「家に帰る電車代、あるの?」

夏子は財布の中身をもう一度覗いた。まだ少し小銭が残っている。「大丈夫です」

その後暫く、女性は夏子の顔を見つめたまま、何か思案している様子だった。そして、

「一緒に出よう」と女性が言った。「駅までの道、分からないでしょ?」

それは言い当てられた。自分がこんなにも未熟さ丸出しだったのかと夏子は恥ずかしくなり、黙ったまま頷いた。

外に出ると、先刻のざあざあ降りが嘘みたいに雨が止み、雲間に三日月がぽっつりと懸かっていた。雨上がりの空気がまだ少し湿っぽく、雨の匂いを微かに残していた。アスファルトの道路にはあちこち水溜まりができていて、色めく看板の明かりを反射して静かに揺れていた。

「あんた、オナベバーが初めてなの?」

肩を並べて歩きながら、女性は夏子に訊いた。「それとも二丁目自体が初めて？」

「二丁目が初めてです」

夏子は俯いた顔を上げ、女性の顔に目を向けた。女性は自分より少し背が高く、彼女と視線を合わせるためには少し見上げなければならなかった。「オナベバー？　さっきの店が？」

「そう。まさか、知らずに入ったの？」

夏子が黙り込むと、呆れたように女性は溜息を漏らした。そして続けた。「今でこそ男に見えるけど、昔はみんな女だったのよ。大変なの。胸を取るにも薬を打つにもお金がかかる。今でもみんな状況がバラバラで、子宮まで取った人もいれば、薬も打ってないし胸も残ってる人もいる」

だからあんなベビーフェイスなんだと夏子は密やかに得心した。

女性は話し続けた。

「店の客層は私みたいなババアが多くてね、お金持ちでもないけど、働いている分若い子よりかは自由にお金が使えるから、料金も割高なの。さっきのお客さんの中には、ゴールデン街で店をやっているママさんもいたのよ。まだ開店前だから、二丁目に遊びに来てるの」

「お客さんは、みんな女の人が好きなんですか？」と夏子は勇気を出して訊いた。だからオナベバーに行くのかと思った。

「どうだろうね」女性は首を傾げた。「もちろん女が好きな人もいるでしょうけど、そうとは限らないんじゃないかな。そもそもオナベの人達も、自分のことを女だと思っていない人がほとんどだし」そして夏子に目を向け、にこりと笑った。「あんた、女の子が好きなの？」

夏子は答えなかった。自分でもよく分からないからだ。本当は薄々と、自分は男に興味がないのかもしれない、と気付いてはいた。夏子はよく男友達と一緒にディスコで遊んでいたが、それは言うなれば周りに流されただけで、そして確かにそこそこ楽しかった、それだけのことであって、男友達に対して性的な関心を抱いていたわけではないという気がした。性的な関心と言えば、何回か女性が性的な対象として夢に出てきたような気もするが、夏子は深く考えなかった。考えないことにした、と言った方が適切かもしれない。ありがたいことに夢というのは時間が経つとすぐ記憶から薄れるものだから、具体的なディテールは今や何一つ思い出せない。

女性を、同性を好きになってもいいという発想はそもそも夏子にはなかった。同性愛という現象は知っていた。でもそれは動物図鑑で見た名前しか知らない珍奇な生き物と同じように、夏子は自分に結び付けて考えたこともなかった。しかし確実に、身体のどこか奥まった場所に、小さな核のようなものが幾重もの被膜に包み隠され、覆い尽くされ、今でもひっそり眠っているような気がした。時にその核は微かに疼き出すこともあるが、無視できないほどのものではない。ところがその女性の質問が引き金となり、夏子は自分の核が、ドクン、ドクンと、鈍く、静かに、だけどしっかりとした意志を持って、再び疼き出したのを感じた。

「じゃ、若い子が行くようなお店もあるんですか？」

そうとも違うとも答えず、夏子は話題を逸らした。

夏子の質問に、女性はまたもやにっこりと微笑みを湛えた。どこか茶目っ気のある笑い方だった。

「行ってみる？」

狭い路地から一本表の道に出ると、目の前はまた一列の雑居ビルで、看板が宙に浮かんで煌めいていた。その明かりを借りてかろうじて、左の方には人間の身長くらいの石塀が建っていて、塀の向こう側には一列の樹が森々と生えており、樹影が塀の上で薄気味悪く揺らいでいるのが認められた。女性に従って右折し、ぽつぽつと灯っているネオンの下を潜りながら歩を進めた。雨も上がり、夜も深くなりつつあるからか、着いたばかりの時と比べて歩行者の数は少し増えているようだが、それでも繁華街とは程遠い様相だった。相変わらず若い男がまばらに道端に立っていた。通りすがりの男が声をかけると、一頻り何か話し合ってから、二人してどこかへと消えていった。

「立ちんぼよ」

と女性が言った。「昔は上野の森がメインだったけど、その後は二丁目でも現れたの。最近は減っているようだけど、まだあちこち立っているの」

「立ちんぼ？　男が？」と夏子が思わず訊いた。

「うん、男相手よ」

女性はくすっと笑ってから続けた。「あまり詳しくはないけど、それぞれ縄張りみたいなものもあるらしいよ。立つ場所も決まってるって。一番人気なのは仲通りにあるゲイショップ〈ルークス〉の前に立っている子、ルク子と呼ばれてるみたい」

女性はあるビルの前に立ち止まった。そのビルはなかなか特殊な作りになっている。四階建てに見えるが、四階の上の少し引っ込んだところに、更に小さな部屋が斜面のように建っていて、本当は何階建てかは外からは見極められない。ビルの一階にも何店舗かがドアを閉ざしたままひっそり営業しており、一階の屋根がせり出してその部分がそのまま二階の廊下になっている。上階へ通じる階段はビルの一番左側に設けられている。階段は赤い内階段で、アーチ形の入り口を通ると上れるようになっている。アーチ形の灰色がかったコンクリートの外壁には「オ一天香ビル」の文字が掲げられている。三階までの階段は壁で覆われておらず、ビルの外からでも階段と踊り場が見えていた。

女性が階段を上っていったので、夏子も彼女の後をついていった。三階の奥まった場所にあるドアの前で女性が足を止め、バッグから鍵を取り出してドアの鍵穴に差し込んだ。冷たく無機質な白い金属扉で、扉には「NARA'S BAR　KIDSWOMYN」と黒い文字で書かれていて、その下にはイベントの告知ポスターが貼ってあった。金属扉を開けると更に一枚、黒いドア枠に擦りガラスの扉が現れた。二重扉だった。女性はそれも開けて、扉の向こうから現出した暗闇の空間へ入り、慣れた手つきで明りをつけた。薄暗い琥珀色のシーリングライトが灯り、暗闇から光と影とを静かに作り出した。奥の棚に積んであるCDの山から一枚取り出して、女性はプレイヤーに入れた。ややあって、賑やかなダンスミュージックが黒いスピーカーから流れ出た。そして女性はくるりと身体を半回転させ、夏子に向かって芝居がかった動きで両手を広げてみせた。

「ようこそ、〈キッズウィメン〉へ。私はここの店長、ナラよ」

夏子は周りを見回した。狭い店内にはコの字形の小さな黒茶の木質のカウンターがあり、詰めれば十人くらい座れそうだった。カウンターの上にはスナック菓子や、リキュール、灰皿、招き猫が置いてあった。同じ色の棚にはグラスとお酒の瓶が並んでいて、薄黄色の壁にはイベントのポスターやセクシーな洋画女優のポートレートが貼ってあった。虹色の旗もかかっていた。カウンターもスツールも壁紙も、まだそんなに使われた痕跡がなく、かなり新しく見えた。

「ナラさん、お店をやっているんですね」と夏子は言った。

「まだオープンしたばかり。でもそこそこ人気よ」

ナラはカウンターの中に入り、カウンター内の椅子に座り、煙草を一本口に咥えて火をつけた。煙草の先端が一回真っ赤になり、そしてまた灰色に戻るのを夏子はぼんやり眺めた。

「なんで突っ立ってるの？　座ってよ」

夏子の所在なさにふと気付いたように、ナラは顎で席を示しながらそう言った。

「時間、大丈夫？　一杯奢るから、飲んでいきな」言いながら煙草を灰皿の縁に寝かせ、ショットグラスにウィスキーを注いで、それを一口飲んだ。

夏子はカウンターを挟んだ形でナラの向かい側のスツールに腰を下ろした。

「ウィスキーでいい？」とナラは訊いた。

「できれば、ウィスキー以外でお願いできれば嬉しいです」オナベバーでは既にウィスキーを飲んだのだ。別に酔っているというわけではないが、もう少しさっぱりしたものが飲みたいと夏子は思った。「度数が低めのカクテルがあれば」

「カクテルか」ナラが言った。「何か飲めないお酒、ない？」

大抵のお酒は飲めます、と夏子は言った。ナラは暫く考え込む素振りを見せた。

「あんた、名前は？」出し抜けにナラが訊いた。

夏子は自分のフルネームを答えた。

するとナラはまたにっこりと、茶目っ気のある微笑みを湛えた。とてもチャーミングな微笑みだと、夏子は思った。ナラは冷蔵庫から氷を取り出してグラスに入れ、そしてバックバーからいくつかの種類の瓶を取り出し、メジャーカップで測ってからグラスに入れた。最後にバースプーンでそれを搔き混ぜて、レモンスライスを添えた。

「マリブサーフ」

透明感のある淡い青のカクテルを夏子の前に出しながら、ナラは言った。炭酸の泡がグラスの底と氷にたくさんついていて、一つ一つパチパチと弾けた。「夏をイメージしたカクテルよ。飲んでみな」

夏子はグラスを手にして、一口啜った。ココナッツの甘い味とオレンジの香りが、炭酸が弾けるのとともに口の中で広がり、とてもさっぱりとした飲み心地だった。

「どう?」ナラは右手で頬杖を突き、カクテルを啜っている夏子を興味深そうに見つめながら、そう訊いた。

「美味しいです」夏子は素直に答えた。

「ならよかった」とナラはにっこりと笑った。

ナラは笑うと、口元から一センチくらい離れた右頬に、ちょうどほうれい線の延長線上に、注意深く見なければ気付かないほどの小さな笑窪があることに、夏子はその時初めて気付いた。しかし一旦気が付くと、何故かその笑窪がとても気になり、それを見ていると夏子は妙に悲しい気持ちになった。その笑窪が何か夏の夢のような、とても儚いもののように見えた。鼻の奥がじんと痛くなり、夏子は思わず俯き、手で鼻を押さえた。それを見てナラは少し戸惑ったようだが、暫くしてから無言で手を伸ばして、カウンター越しに夏子の頭をゆっくり撫でた。

その仕草が何かスイッチに触れたかのようで、身体の芯から堰き止めようのない勢いで液体が湧き上がり、夏子はカウンターに突っ伏してそのまま啜り泣き始めた。何故そんなことになったのか夏子にも分からない。終わったものが悲しいのか、始まるものが悲しいのか。長引くものが悲しいのか、それとも気付いたものが悲しいのか。しかし夏子には考える余裕がなかった。ナラはただ静かに夏子の頭を撫でながら、「頑張ってるもんね、大変だね」と優しく声をかけた。

チリリンとドアベルが鳴り、ドアが開き、一人の女性が入ってきた。「ナラさんこんばんは」ドアベルが鳴るのとほぼ同時に、女性は元気に挨拶した。そこで夏子に気付いたのか、気まずそうな声で、「あ、タイミング悪かった？　店まだやってない？」と言った。

「大丈夫よ、もう営業してる」とナラが言った。「どこでも好きな席に座って」

夏子も気まずくなって、カウンターから頭をもたげ、コンパクトミラーを取り出して、アイライナーが落ちないように気をつけながら涙を拭った。そして俯きながら、誰にともなくボソッと呟いた。「ごめんね」

その言葉を自分に向けたものと受け取ったのか、ナラは笑いを含んだ声音で言った。「安心して。確かに大変なこともたくさんあるけど、楽しいこともたくさんあるものよ。世界を、そして自分自身を変える力がなくても、私達はずっとここにいるの。常に複数形で、いるのよ」

言葉が見つからず、夏子はただ無言で頷いた。

それから夏子は〈KIDSWOMYN〉に足繁く通うことになった。チャージなし、キャッシュオンで一杯七百円程度のKIDSWOMYNの経営方式はそれまでの二丁目の女性向けバーでほとんど見ないもので、あっという間に人気を呼んだ。朝まで営業で、土日祝の前日は店内は常にすし詰め状態になり、みんな周りの人の体温と呼吸を感じながら、大音量のダンスミュージックの中で立ち飲みしながら夜通し語り明かした。お客さんの中には夏子と同じ二十代の女の子も多かった。

ナラによれば、二丁目ではそもそもゲイバーの盛況に比べてレズビアンバーの数が極端に少なく、女性向けの店はほとんどオナベバーで、そうでなくても高価なところばかりなので、自由に使えるお金が少ない若い女の子は二丁目ではほとんど行く場所がなかったという。常連向けではなく、若い女の子も気軽に立ち寄れる店を作ろうと、ナラはKIDSWOMYNをオープンしたのだ、と。実際、三千円もあれば何杯も飲めて、一晩中いられる店は、夏子や同世代の女の子にとってかなり有り難かった。

KIDSWOMYNで、夏子はレズビアンとしての人生を歩み始めた。大音量のダンスミュージックの中で初めて恋に落ちた夜、外からの視線をものともせず、階段の踊り場で恋人と抱き締め合い、口付けを交わし、まさぐり合った。その恋人に裏切られ初めて恋に破れた夜、泣きじゃくりながらウィスキーをストレートでざぶざぶ流し込んで、他のお客さんとハグを交わしてはトイレに駆け込み、激しく嘔吐した。

初めて二丁目を訪れた夜から四か月経った頃、夏子はようやく派遣社員の仕事を見つけ、安定した収入を手に入れた。それからもKIDSWOMYNに通い続けた。翌年の夏、東京で初めてレズビアン・ゲイ・パレードが開催された時、二丁目ではゲイ・リベレーションを毛嫌いする風潮があり、どこのゲイバーも見向きもしなかったが、そんな中でKIDSWOMYNだけがパレードに協賛し、夏子もナラやKIDSWOMYNでできた友人と一緒にパレードを歩いた。その二年後、第三回パレードの集会で議事が紛糾し、異議を述べようとするレズビアンに向かって、ゲイの実行委員が「レズのくせに何しやがるのか」と罵声を浴びせた時、夏子も会場にいた。

同じ年の秋、創刊して間もないレズビアン雑誌の通信欄を使って、夏子は三人目の恋人と出会った。「レズ友募集してます」「やさしい彼女を募集します」「髪はロングです」「女っぽいタチですネコ探してます」「子供がいる既婚者です」ありきたりな一四〇字前後の文章がびっしり並ぶ誌面で、彼女の文章だけが光っていた。まるで闇夜でひと際輝かしい星が、しかし熱過ぎない優しい光を静かに放っているかのようだった。その光が宇宙の彼方から時間を越え、空間を越え、星雲と大気を貫き、夏子の網膜に届き、留まった。

夏子は返信を書き、相手とKIDSWOMYNで待ち合わせした。まるで宇宙が誕生する前からあらかじめ決められていた真理であるかのように、二人は湖に溺れるように愛し合い、砂原に埋もれるように求め合い、暗闇にとろけるように抱き合った。夏子の人生であれほど激しい愛情は、後にも先にもあの一回だけだった。彼女といることで夏子は身体の奥底から尽きることなく勇気とエネルギーが湧き上がり、それと比例して欲望と孤独が膨らみ続けた。

夏子は自分自身を刃のように鋭く研ぎ澄まし、激情と狂熱を身に纏い、世紀末の近づく世界と激しくぶつかり合った。恋人と手を繋いで風俗嬢やホストがひしめく夜の歌舞伎町を闊歩したこともあれば、「レズなんて男と寝れば治る」と居酒屋で喧嘩を売ってくるおやじの禿げ頭にビールをぶっかけたこともあった。〈Lの小道〉を中心にレズビアンバーが増え、その存在がメディアを通して世間に知られて以来、毎夜毎夜見知らぬ中年男がやってきては店の中を覗こうとうろうろしていた。帰宅しようと駅へ向かう女の子を尾行する事案も幾度も起きた。ある夜夏子はビアン友達を何人か召集し、大きな麻袋を男の背後から頭に被せ、文字通り袋叩きにした。世界に殺されるくらいなら刺し違えてやろうという勢いで、夏子は世紀末を生き急ぎ、駆け抜けた。

付き合って三年半経った頃、この先もずっと一緒に暮らしたいからと、夏子は恋人と（結婚代わりの）養子縁組をすることにした。しかしそのことを両親に報告すると、激しい反対に遭ってしまった。

「何馬鹿なこと言ってるんだ！　女と結婚したいのってお前、ペットと結婚したいのと同じだよ。そんなの認められると思ってんのか？」

熾烈な口論の末、「好きにしろ」と父は言い、夏子を実家から追い出した。

夏子は一人暮らしの部屋で一晩中泣いた。翌日朝日を浴びた頃には、勘当されたかもしれないが、これでやっと結婚ができる、と思い直し、破顔した。

しかし恋人の方も親に猛反対された。そして夏子と違い、恋人は親に折れてしまった。二人は暫く口論と冷戦を繰り返す日々を過ごし、挙句の果てに喧嘩別れになってしまった。その数か月後に恋人がお見合い相手の男性と結婚したことを、人づてで知った。

夏子はハッと、自分もいつの間にか三十になってしまったのだと気付いた。三十の峠を越えると、その先に見える風景がそれまでとはかなり違うものになったように夏子には感じられた。鮮やかにきらきらしていた多くの物事が、賑やかにさんざめいていた多くの回り舞台が、その一線を越えることによって悉く色が褪せ、声が消え、速度が衰える。それまで仲良くしていたレズビアン仲間は次々と連絡が途絶え、一人また一人、浮世のかなり深いところへ呑み込まれて姿を消した。まるで誰かがあらかじめ揺るぎない掟を定めておいたかのように、「こんなことをやっていられるのは三十までだ」、そんなタイムリミットという獣がのろのろと、しかし確固たる足取りで目の前までやってきた時、みんなはその獣の身体の大きさと、牙の鋭さ、そして本性の獰猛さにハッと気付き、驚き、慄《おのの》いた。そして長い夢から覚めたように、「ほんとに今まで何してたんだろう」と寝ぼけ眼を擦《こす》りながら、獣の導きに従って正しい道を歩み始めた。

夏子は全てが嫌になった。誰かと喧嘩する気力も、世界とぶつかり合う情熱も、烈日の照りつける下で涸れ果てた井戸のように一滴たりとも残ってはいなかった。夏子は仕事を辞め、借り家を引き払い、全てを投げ出し、スーツケース一つ引き摺ってワーキングホリデーのビザでオーストラリアへ旅立った。日本を離れられればどこでもよかったのだが、外国語は英語しかできないのと、ビザの審査が緩いということで、オーストラリアにしたのだ。

シドニーに着いたのは南半球の夏で、陽射しは澄み渡る青空から惜しみなく降り注ぎ、戦ぐ樹々を透過して地面できらきら輝いた。バスで都心まで行き、シドニー駅に近いバックパッカーズに泊まった。最初の数日間はビジターセンターで地図類を手に入れ、あちこち歩き回って環境を調べた。そしてアルバイトを探し始めた。二週間後にロックスにあるパブレストランで店員のアルバイトを見つけた。昼間はカフェ営業、夜からパブになるような店で、カフェ営業の間はテラス席を出していて、そこから海を望むことができる。時給もそこそこよかった。店長は四十代の白人男性で、面接は英語で行われた。

「何故、シドニーへ?」

いくつか基本的な質問が終わったあと、明日はどんな天気になるんだろう、とでも訊いているような雑談っぽい口調で店長は訊いた。

「私はただ逃げたかっただけです」と夏子は言った。

「何から?」

「何もかも」

店長は興味深そうに暫く夏子を見つめた。そして口元に微笑みを浮かべ、何度か軽く頷いた。

「それがいい。我々が生きるために、逃げることは時には不可欠だ」

来週から来てほしい、と店長が言った。面接が終わって夏子が店を出ようとした時、店長は何か思い出したように、付け加えて言った。

「うちから逃げる前に、前もって教えてくれれば、私としてはとても有り難いのだがな」

「覚えておくようにします」と夏子が言った。

「良い一日を過ごすように」と店長が言った。

それから夏子はシティの南側、シドニー大学の近くの学生街でシェアハウスの部屋を見つけて、そこに引っ越した。寝室だけが個室で、キッチン、リビングとバスルームは共用、どちらも家具付きだった。ルームメイトは一人は中国人女性、もう一人はパース出身のオージー、つまりオーストラリア人の女性で、二人ともシドニー大学の博士課程に通っていて、寝るのも起きるのも遅い夜型人間だった。

夏子は週五でアルバイトをして生活費を稼ぎ、休みの日には歴史的建造物を見学しながら港の近くを散歩したり、パディントンマーケットを見て回ったり、博物館や美術館を訪れたりした。ルームメイトとは共通言語は英語しかないが、とても仲が良く、いつもテレビをつけたまま、スナック菓子を摘まみながら深夜まであれこれ取り留めのない話をした。たまに一緒にハイドパークへピクニックに出かけることもあった。

中国人女性は中華料理を、オージー女性はオーストラリア料理を作って持っていった。夏子は時には簡単な日本料理を、時にはバイト先で習ったカクテルを作った。それぞれ持ち寄った料理や飲み物を三人でシェアした。そしてチェスと、将棋と、中国象《シャン》棋《チー》の遊び方を教え合った。露が残る芝生は陽射しを照り返してあちこち七色に光り、色鮮やかな花が咲き、棚引く雲は空をゆっくり流れていった。家族連れの子供がはしゃぎながら走り回り、犬がワンワン鳴き、時おり嘴が長く尖っている白い大きな鳥が羽ばたいて飛び立った。

　土地が広く、人口が少ないためか、何だか時間の流れすら遅くなったように感じられた。人口密度と時間の流れ方には関係があるのかと夏子は思った。実際、一日一日が悠然と過ぎていくのを噛み締める余裕を夏子は段々持てるようになり、心も日に日に広くなっていくような気がした。まるで長らく悩まされた肩凝りが一気に揉み解されたかのように。奴隷と移民によって拓《ひら》かれたこの国なら、何でも受け入れてくれるだろうと夏子は密やかに思った。

　夏子が働く店には、少し風変わりな常連客がいた。アジア人っぽい顔をしていて、大きく真っ黒な瞳が印象的な女の子だった。最初に見かけた時、夏子はその瞳に吸い込まれるように一瞬見入ってしまった。彼女は週二回くらい店にやってきて、いつも室内ではなく、海が見えるテラス席に一人で座った。人が少ない午後の時間帯にふらりと現れ、ビールかグラスワインを頼み、そのまま夕方まで座った。時には本を読み、時にはスケッチブックに写生し、時には何もせず、ただ海とオペラハウスをぼんやり眺めていた。誰かと一緒に現れるのでもなく、待ち合わせをしているふうにも見えない。夏子の観点では、この店は一人で思索に耽るのに適した場所ではあまりなく、昼間はどちらかといえば友人や家族と食事を共にし、夜は大勢でどんちゃん騒ぎをするための場所だった。とはいえ夏子もオーストラリアに来たばかりで、現地の習慣をよく把握しているわけではない。それに彼女はいつも人が少ない時間帯に来るし、一定時間置きに飲み物のお代わりもちゃんと注文してくれているから、彼女が長居することについて店長としても特に文句はなかった。

冬に傾く六月のある日、夏子はとうとう我慢できず女性客に話しかけてみた。

「失礼ですが、寒くはないんですか？」

その日は特段に寒く、気温が十度を切っており、テラス席では強めの冷たい潮風が吹いていた。

女性は視線を海の方から夏子に向け、暫く無言で夏子を見つめた。その時夏子は気付いた。女性の瞳は真っ黒というより、なだらかなグラデーションを成す黒だった。

瞳の縁から中心にかけて次第にその黒が濃厚さを増していき、一番濃いところは鬱蒼とした森に囲まれた月のない夜の湖のような、あらゆる光の不在によって作られた黒だった。

女性は二、三度瞬きをし、それから少し首を傾げた。

「中国？　日本？」と女性は出し抜けに訊いた。

「日本」と夏子は言った。「あまり重要ではない事実ですが」

「私達の人生は多くの重要ではない事実によって構成されている」と女性は言った。女性の声は風に吹かれて揺らめく細い糸のように、飄然として不安定な印象を与えた。「日本の人々は、こんな天気を寒いと思っているの？」

「オーストラリアとは比べ物にならないが、日本もそこそこ広いんです」と夏子は言った。「場所によって寒いとされる気温が全く違います」

「そうね、もちろんそうとも」と女性は言った。「あまり覚えていないの。三歳の時にそこを離れた」

夏子は女性の話に興味をそそられた。「あなたは日本に住んでいたんですか？」

「あまり重要ではない事実」と女性は言った。「今でも日本の国籍を保有している。日本語も少し話せる」

「日本人なんですか？」

夏子は思わず訊いた。言葉を発した後すぐ後悔した。そんな重要ではない事実を敢えて確認する必要がどこにあるだろう。日本語を話しているのであれば、夏子はそんな質問はしなかったはずだ。しかし今はまだそれほど慣れていない英語で話しているから、言葉が思考による抑制を突き抜けて口を突いて出ることが多々ある。

女性は特に気にする様子はなかった。「ある意味においては」と彼女は言った。

「差し支えなければ、お名前を訊いてもいいですか？」

何故そんなことを訊くのか、夏子にもよく分からなかった。

「差し支えなんて微塵もない」と女性は言った。「私はユキナ」

女性はハンドバッグから鉛筆とスケッチブックを取り出し、空白のページに「秋澤雪奈」と書いた。漢字を書き慣れていないのが見受けられる、虫が蠢きながら這って進むような筆跡だった。

「そして、これは決して文句を言ってるわけではないのだけれど」と雪奈は言った。

「仕事中みたいだけど、大丈夫？」

夏子は店内に目をやった。それほどお客さんが多いわけではないが、確かに長く喋り過ぎた気がした。「そろそろ戻らないと」と夏子は言った。

「私は大抵の夜は天文台にいる」と雪奈は言った。会話はここまでだというように、雪奈は視線を海の方へ戻した。

次の仕事のない夜、夏子は天文台を訪れた。シドニー天文台は港の西北の方の小さな丘の上に、深緑の樹々に囲まれてひっそり建っていた。正面入り口があまり目立たず、夏子は天文台の周りの芝生を二周してやっと見つけた。

「来てくれたんだね」

受付の近くで雪奈は夏子を認めた。雪奈は天文台スタッフの服を着ていた。

「ここで働いてるの？」と夏子は訊いた。

「あまり重要ではない事実」と雪奈は言った。

「では何が重要な事実かしら？」夏子は訊いてみた。

「絵を描いている」と雪奈は言った。「いつか世界を旅しながら絵を描きたい」

雪奈は家族の仕事の都合で三歳の時にシドニーに引っ越してきて、それ以来ここに住んでいるという。両親ともシドニー大学の教授で、天文学を専攻しているから、雪奈は子供の時から星空が好きだった。しかし絵を描くのがもっと好きで、今はシドニー大学で芸術を専攻している。

「ところで、あなたの名前は？」と雪奈は訊いた。「あなたをどう呼べばいいか分からない、それが私にとってとても重要な事実なの」

「北星夏子」夏子は答えた。

「北星」雪奈は繰り返した。空に浮いているような軽やかな口調だった。「残念ね、ここでは見ることができない。北星さんは、何歳？」

「三十」

「人生で一番魅力的な年頃。みにくいアヒルの子がちょうど白鳥になる頃」

それから雪奈は天文台の中へ入っていき、夏子も後ろについていった。歩きながら夏子はふと、二人の会話がいつの間にか日本語に切り替わっていたことに気付いた。どこから日本語だったのか、夏子は思い返してみた。恐らく自分が名前を言ったあたりから。その切り替えがあまりにも自然で、夏子はすぐには気付かなかった。

雪奈の日本語は少し不思議な感じがした。文法も発音も紛れもなく日本語にもかかわらず、どこか英語的な要素が混じっている。しかし少しも嫌な感じはせず、寧ろ聞いていてとても心地よかった。

みにくいアヒルの子がちょうど白鳥になる頃。夏子は心の中でそれを繰り返した。三十歳。日本でなら、白鳥も老い衰える頃だろう。そもそも白鳥になんてなれないのかもしれない。生まれてから死ぬまで、ずっとアヒルのままかもしれない。

「雪奈さんは、何歳？」と夏子は訊いた。

「二十一」と雪奈は答えた。「飛べる白鳥になりたい」

「白鳥って飛ぶのかな」夏子は言った。「泳ぐイメージしかない」

「分からない。シドニーで白鳥を見たことがない」雪奈は言った。「アイビスなら嫌になるほど見ている」

「アイビス？」

「嘴が長い、白い鳥。ゴミを荒らすし、食べ物を奪う」

雪奈について、夏子はドーム状の広い部屋に入った。部屋の真ん中には大きな黒い機械が設置されている。プラネタリウムだった。雪奈は部屋の電気を消し、機械のスイッチを入れると、それが音を立てて起動した。

「あなたにだけ特別」と雪奈は言った。「ミス・ポラリス」

プラネタリウムは解説のナレーションを交えて、ドームの天井に南半球の星空を投影した。夜闇のカンバスに銀色に輝く無数の点が線で結ばれ、煌めく星座となる。ナレーションは英語で、天文学用語や星座の名前はほとんど聞き取れないが、南天の壮麗な星々の海に夏子は思わず息を呑んだ。映像はまず、四つの星からなる十字を映し出した。

「南のクロス」と雪奈は言った。

「南十字星ね」と夏子が言った。

静かなピアノ音楽を伴い、映像は天の川を北へゆっくり遡り、ケンタウルス座、蠍座、射手座、鷲座を映し出し、最後に白鳥座に辿り着いた。

「北のクロス」雪奈が言った。「冬の今しか見えない」

「冬にしか現れない白鳥ね」と夏子が言った。

「今は冬」と雪奈が言った。「あなたは現れた」

そう言いながら、雪奈はゆっくりと近づき、夏子の首の後ろに手を回した。その手はひんやりと冷えていた。暗転するプラネタリウム映像に包まれる中、雪奈は夏子の首を支えながら、静かに唇を合わせてきた。夏子は反射的に目を閉じ、暗闇の中で雪奈の唇を味わった。ほんのり甘く、柔らかくて少し冷たく、綿雪みたいに今にも溶けてしまいそうな唇だった。夏子も腕を雪奈の背後へ回し、細くて触り心地のいい長い髪の毛が指の間を滑って通っていくのを感じながら、雪奈の肩を抱いて、彼女の唇に応えた。

唇を離した後、二人は暫くの間無言のまま見つめ合った。雪奈の大きな瞳はにこやかに笑っていた。

「これはお代？」と夏子が訊いた。

「安いと思わない？」雪奈が言った。

「なんでいつも海を見てるの？」

「海のどこかにある線を見極めようと思って」

雪奈の案内のもとで夏子は天文台を一通り見て回ったが、何を見たかはほとんど覚えていない。屋根が回転したり開閉したりする観測ドームや、大きな天体望遠鏡、古い星図とか、そんなものだった。雪奈に別れを告げて天文台を出た時、熱くなっていた身体を内から冷やそうと、夏子はひんやりとした外気を一口深く吸い込んだ。そして空を見上げた。真っ黒なビロードに銀のラメを鏤《ちりば》めたような綺麗な夜空で、それが前よりも輝かしく見えた。


それからも夏子と雪奈は時々会うようにしていた。二人は連絡先や住所を交換しなかった。いつも雪奈が夏子の働く店を訪れて夏子の仕事が終わるのをじっと待つか、夏子が夜の天文台を訪ねるか、どちらかだった。外で会う時は、あらかじめ時間と場所を決めてから待ち合わせをした。二人はクリスマスに海辺でＢＢＱをしたり、マルディ・グラのパレードに参加したり、オックスフォード・ストリートのバーで飲み明かしたりした。雪奈の大学院の入学式に夏子も参加した。都心を離れ、郊外の芝生に横になって本物の南十字星や白鳥座を一緒に眺めることもあった。もちろん、ホテルのベッドで身体を重ねることも何度かあった。

お互いの関係性に、二人は名前をつけようとはしなかった。たまに会って、話して、笑い合って、どこかへ行って、身体を交わして、それが全てで、それだけでよかったのだ。雪奈の家族や親戚、仲の良い友人などについて夏子は特に訊こうとしなかったし、雪奈には付き合っている男がいるらしいが、それについても夏子は特に詮索しなかった。雪奈もまた、夏子の家族や人間関係について深く知ろうとせず、ただ夏子という人間にのみとことん集中していた。これは初めから終わりが見える、将来性のない、期限付きの、仮初めの関係性だからこそ、逆に将来について考える必要はない。将来という得体の知れないものよりも、ただ目の前の相手をひたすら見つめていればいいと、二人はどこかで思っていた。

やがてワーキングホリデー・ビザの二年の期限が過ぎようとしていた。バイトの最終出勤日に店長は高いシャンパンを開け、大きな花束を贈ってくれた。ルームメイトも帰国直前に盛大なホームパーティーをやってくれた。帰国日に、雪奈は空港まで見送りに来た。到着した時と変わらない、陽射しが眩しい夏の日だった。出発口の前で、雪奈は夏子の髪と顔を撫でながら、彼女を長い間見つめた。まるで彼女のありとあらゆる毛穴の形と位置をしっかり脳に刻み込もうとするかのように。そして彼女の左頬に軽く唇をつけ、右頬に唇をつけ、最後に唇に自分のを合わせた。眠りについた娘の頬にキスをするように、全ての動きがあくまでも静かに、ゆっくりと。

　そして、

「いつか、夏の白鳥に会いに行くね」と、雪奈は言った。

　夏子は黙ったまま何回か頷き、軽く手を振ってから身を翻し、出発口へ歩き出した。そして人波に流されながら飛行機に乗り、白い鉄の鳥に身を任せたまま、北半球へ連れ戻されていった。

　東京に着いたのは夜で、夏子は新宿のウィークリーマンションにチェックインし、荷物を部屋に置いてから、その足で二丁目へ出かけた。

　二年ぶりの二丁目は、記憶より少し活気づいていて、ネオンライトの数も記憶より少し密集していた。目の前の景色と記憶の中の景色を比較しながら、夏子は暫くあちこち歩いて見て回った。そして〈KIDSWOMYN〉を訪れた。

　自分が二十代を過ごした店。全力で世の中を楽しみ、世の中と戦っていた頃に入り浸っていた店。見慣れた二重扉、見慣れたコの字形のカウンター、見慣れた琥珀色の照明。ドアを開けた瞬間に津波のように襲い掛かってくる大音量のダンスミュージックも、一斉に集まってくる若い子達の視線も、全てが慣れていた光景のはずだった。しかし何故か夏子は少し怖気がつき、もはや自分にとってここはアウェーだという気持ちすら微かながら湧いてきてしまった。若い子達は自分の知らない顔ばかりで、全ての顔に青春の光が咲き乱れていた。

反射的にカウンター内に目を向けると、そこにナラの姿はなかった。代わりに面識のない三十代後半に見える短髪の女性がカウンター内に立って、お酒を作っていた。カウンター席に座り、ウィスキーを一杯頼んだ。そして何気ない口調でナラのことを訊くと、女性の顔に影が差した。

ナラは前年に子宮頸癌で亡くなった。店は女性が引き継いだという。

私達はずっとここにいるの。常に複数形で、いるのよ。夏子はナラのこの言葉と、その顔に浮かんでいた小さく儚げな笑窪を思い出した。ナラがいなくなっても、ここには「私達」がいる。誰がいなくなっても、ここには誰かがいる。複数形は、つまり代替可能ということ。しかし、単数形としての生と歴史も、きちんと覚えられているべきではないか、と夏子は思った。

ナラが亡くなったのは悲しいが、夏子は泣かなかった。自分がいつの間にか随分図太くなったことに、夏子は気付いた。十年前のあの繊細で、傷付きやすく、ナラの前でボロボロ涙を流していた自分は、もうどこかへと消えてなくなっていた。めそめそ泣きながらあちこち彷徨うアヒルの子はもうどこにもいない。十年も経ったのだから当然と言えば当然だが、夏子は心のどこかでホッとした。あの頃には戻りたくない、と思った。

半年後、夏子は〈ポラリス〉をオープンした。場所はLの小道の、ちょうど〈Vénus〉の斜向かいだった。彷徨うアヒルの子達の北極星になれれば、と思ったのだ。かつての自分にとってのナラと〈KIDSWOMYN〉のように。

そこからあっという間に十五年が経ち、ポラリスで過ごした夜だけで四千を超えていた。四千もの夜の中で、多くの人が来て、多くの人が去り、多くの店が参入し、多くの店が閉店した。〈ポラリス〉オープン二年目に〈Vénus〉が閉店し、後にその場所はゲイバーとなった。〈ポラリス〉オープン十周年記念の後、〈KIDSWOMYN〉もとうとう営業を終了した。〈Lの小道〉で店が飽和すると、新しいレズビアン系の店は〈新千鳥街〉へ移り、新たな密集地となった。人と店が移り変わっても、二丁目という街だけが変わらずそこに存在し、誰かが新しく入ってくるのを静かに待っている。

客がいなくて店が暇な時、夏子は近所を散歩したり、他の店に邪魔したりした。たまに寄る辺なさそうに一人街を彷徨ったり、所在なげに一人で飲んだりしている若い子を見かけると、夏子は話しかけてみた。行く場所がないようだったら、ポラリスへ案内し、一杯奢ってあげた。あの時のナラが自分にそうしてくれたように。多くの場合それはお節介だったが、夏子がきっかけで二丁目に融け込めた人も中にはいた。

煙草を灰皿に擦りつけて消し、夏子は暫くその香りの余韻に浸った。そして夜空を見上げ、一度深呼吸をした。大きく明るい上弦の月が空に懸かっていた。月があと半分で満ちるように、夜はまだ半分残っている。

夏子は〈Lの小道〉の角を曲がり、一本表の道へ出た。右へ曲がって直進すると、かつて〈KIDSWOMYN〉があった〈第一天香ビル〉に辿り着く。左の方は二十五年前のあの夜と変わらず、人間の身長くらいの石塀が建っていて、その上には樹の影が風に戦いでいた。流石にもう立ちんぼはいない。夏子は灰皿をアスファルト地面に置き、その石塀に向かって暫く合掌した。夜になると暗くて見えないが、石塀の向こうには卒塔婆《そとば》の群れが広がっているということを、夏子は知っている。

夏子は思った。歴史の中で、いつだって女は男の影にいる。戦争の歴史も、経済成長と破綻の歴史も、同性愛者の歴史でさえも、そう。それについて夏子はもう怒りを感じるほどの元気はない。しかし、「彼ら」とは違う「わたし」の、「わたしたち」の歴史も、この地にはきちんと刻まれるべきだと、夏子は常に思っている。

〈ポラリス〉に戻ると、スマートフォンを弄っていたあきらは顔を上げ、夏子を認めるとにこやかに「お帰りなさい」と言った。「ただいま」と夏子は返した。

カウンター内に入って暫く経つと、引き戸が横に開けられ、一人のお客さんが入ってきた。名前は覚えていないが店の常連で、水色のコートを着ていて、眼鏡をかけている、ぱっつんで長髪の女の子だった。お手拭きとお通しを用意しながら、夏子はいつも通り元気に挨拶した。

「いらっしゃいませ」

夜の後半は始まっていた。

深い縦穴

──ああ、言っちゃった。

新宿駅へ向かいながら、望月香凜《もちづきかりん》は密やかに後悔していた。普段なら心の奥底に丁重にしまい込むはずの本音を勢いに任せて吐き出してしまうなんて、やはり酒が回ったせいなのだろう。

寒々しい夜空を見上げて、香凜はふうと溜息を吐いた。肺の中の空気を全て絞り出すような、長い溜息だった。自分は一体何をしているのだろう、吐き出される白い気流が溶けるように虚空に消えていく様を見届けながら、香凜は心の中で呟いた。胸のあたりがきつく締め付けられているように感じ、心臓がまだ激しく搏動《はくどう》を繰り返している。

確かにあのゆーという若い子を見ていると、イラつきが溜まって仕方がない。自分が傷付いているから誰かに慰めてもらって当然、まだ若いから年上の人に甘えさせてもらって当たり前だと思い込んでいる。あくまで受け身でいれば、周りの人が勝手に自分の気持ちを察し、リードしてくれると勘違いしている。そのくせ選り好みが激しく、長髪がいいだとかバイセクシュアルは嫌だとか、自分の理想ばかり他人に押し付ける。そんな我が儘なんて、猫ならまだ許されるかもしれないが、大の大人だというのに。

公主病《お姫様病》。楊欣《ようきん》から教わった中国語の流行語を、香凜は思い出した。自分がお姫様扱いされて然るべきだと思い込む病気。言葉とともに頭に浮かんだ楊欣の顔を振り払おうと、香凜は何度か頭を強く振った。楊欣は今、ここにいない。この列島には、いない。

ゆーよりも香凜をイラつかせているのは、他でもない香凜自身だった。ゆーのことを言う資格は自分にはないと自覚しているからだ。自分だって彼女を都合よく利用したいがために、彼女と連絡を取り、こうして新宿にやってきたのだ。慰め欲しさに一回限りの身体の関係を求めるゆーの単純さと比べれば、あるいは打算的な自分の方がよほど質《たち》が悪いのかもしれない。白いコートに両手を突っ込んで、俯き加減に、靴を地面に滑らせるように歩きながら、香凜は思った。

御苑大通りを前にして香凜は足を止め、信号を待った。

二丁目と三丁目を分かつ御苑大通りを多くの車が走っている。エンジン音は一定の起伏を繰り返しながら間断なく轟き、行き交う人々の喧騒は高層ビル群に被さる夜闇のドームを揺さぶっているようだった。排気ガスの臭いと道端の吐瀉物の臭いとが混じり合い、夜の冷気にこっそり混ざり込んで鼻を突く。飴色のヘッドライトや緋色のテールライト、タクシーの黄色い行灯が行列を成し、光を夜に滲ませながら止め処なく流れていく。それを反射して途切れ途切れに、中央分離帯に植えられた低木も風に微かに揺れながら、艶やかにちかちかしていた。歩道の街路樹もまた、街灯の琥珀色に染め上げられている。曲がり角にあるコンビニエンス・ストアの外で、若い男女が三々五々と群れを成し、缶ビールを片手にはしゃぎながらたむろしている。その横のビルの陰で、女性同士のカップルが礎石に座り込み、まるで時間の流れに取り残されたかのように無言の口付けを交わしている。

そんな二丁目風景は香凜にはとても見慣れたものだった。大学に入り、東京で一人暮らしを始めてから、香凜は月に一回以上の頻度で二丁目に通っている。楊欣と知り合い、付き合い始めてからも、喧嘩しない時はよく一緒に二丁目に飲みに来た。二人は〈リリス〉のクラブイベントで踊り狂い、終電が過ぎて疲れが溜まってきた頃に〈ポラリス〉を訪れて一休みする。〈あじゃれ〉や〈バー・テン〉にもたまに行く。二丁目では女性向けの店は限られているが、一軒一軒違う色をしていて、ちょうどジグソーパズルのように、どれかが欠落するとそこに浮かび上がるべき絵画は二度と完全なものになり得ないように、香凜には思われた。

香凜は「完全」という言葉が嫌いだと思った。「完全」というのはあくまでも人類が作り出した架空の概念に過ぎず、実際にはこの世界のどこにも存在しない、と思った。完全な人間。完全な正しさ。完全なレズビアン（いわゆる「完ビ」）。そんなものがどこにあるのだろう。会計の世界でさえ、決算の時に数字がぴったり合致することなど極めて稀で、多くの場合大なり小なり誤差が出る。その誤差が許容範囲内に収まれば、経理作業は「正しい」と見なされる。それが「合理的」というものだ。あるいは「完全」というものには、予めある程度の「不完全」が組み込まれていて、その「不完全さ」を許して初めて「完全」が成立するのかもしれない。

鞄からバイブレーションの気配を感じ取り、香凜はスマートフォンを取り出した。中国製の無料通話アプリに着信が入っていて、画面には楊欣の名前が表示されている。中国ではネット規制が敷かれており、自国製以外の通話アプリがほとんど使えない。番組の取材で中国に出張している楊欣と連絡を取る手段はこのアプリしかない。

画面を十秒ほどぼんやり見つめても、なかなか応答ボタンを押せずにいた。スマートフォンが眩しいくらいの光を放ちながら規則的な振動を繰り返し、持っている手まで痺れを覚え始めた。やがて画面が暗転し、着信が切れた。そこで香凛はハッと我に返った。

「君は完ビじゃないだろう?」脳の中から、楊欣の低い声音が聞こえてくるようだった。プライベートで日本語を話す時、楊欣はいつも男っぽい口調で喋る。「どうせいつか男に走る」

喧嘩する度に、楊欣は決まって険しい目付きで香凛を睨みながら、そのようなことを口にする。その視線は氷柱《つらら》のように、香凛の胸に突き刺さる。

「いつかなんてよく分からない」香凛は楊欣の両目をしっかりと見据えて、きっぱりとした強い口調で言い返す。「いつかじゃなくて、今の私を見てよ」

喧嘩と仲直りの螺旋の中で、香凛は日に日に消耗していった。喧嘩のきっかけなんていつも些細なことだった。帰宅が遅くなるのに連絡がないとか、友達と出かけることを事前に知らせなかったとか、一緒に食事する時に携帯を弄っているとか、そんなものだ。しかし喧嘩の理由がどんなものであれ、楊欣は常に「いつか男に走る」ということに話題をすり替えることができる。

楊欣は、自分のことを完全なレズビアンだと思っている。その完全さという思い込みが楊欣の弱さの根源でもあると香凛には思えた。法に認められない関係より、当然認められる関係の方がいい。差別や偏見を受けるような関係より、当然受けない関係の方がいい。あちら側に行くか、こちら側に留まるか、そういう選択ができるのは不完全な人だけで、完全なレズビアンである自分には選択の余地が与えられていない。選択できる人は、当然楽な方を選ぶ。だから自分はあくまでも一人でこちら側に留まり、とても幅が広く、底が深い川をみんなが次々と、彼女達にしか乗れない渡し舟に乗り込んで、あちら側へ行ってしまうのを見届けるしかない。そう楊欣は思い込んでいるのかもしれない。

「バイセクシュアルなんて信用できない」

と楊欣は大声で叫んだ。「男も女も行けるのに、わざわざ女を選ぶ理由なんてないだろう？　俺の知らないところで男と浮気してるかもしれないし」

楊欣が出張に旅立つ前夜に、香凛に放った最後の言葉がそれだった。その夜、楊欣がいつにも増して不機嫌だった。あまりにも強いその言葉に、香凛は何も言い返せず、頭が真っ白なまま立ち尽くした。何かとても嫌な音、蚊の羽音の周波数を十倍にするような甲高い音が脳の中で突き刺さるように響き渡った。

その夜、香凛はベッドで、楊欣はリビングルームのソファで寝た。翌朝起きた時、楊欣は既に家にいなかった。夜中に家を出て、空港へ向かったのだろう。空っぽのリビングを見ていると、香凜は心までもがぽっかり大きな空洞が空いたように、息をするのも困難に感じられた。同棲を決めた時に二人で一緒に選んだ革張りのソファの座面にはまだ、楊欣の華奢な身体の形をした窪みが残っている。窓から差し込む朝日の束の中で細かい無数の塵が飛び交い、その中にもまだ楊欣の残り香が漂っているかのようだった。玄関で、楊欣用の室内スリッパが脱ぎ散らされていて、息絶えた大きな黒い虫に見えた。

一日中、香凜は仕事が手につかなかった。両腕が重くてとてもパソコンのキーボードを叩く気になれず、表計算ソフトを開いてもただぼんやりとそこに表示されている無機的なマスを見つめるだけだった。会議は全て上の空で、誰が何を言ったか全く覚えていない。昼休みはわざと同僚を避け、一人で食堂の端っこの席を陣取ったものの、結局何も飲み込めなかった。

ところが夜の帳が下り、会社を出て冷たい空気を肺一杯に吸い込んだ瞬間、突如吹っ切れたような、何がどうあってももはやどうでもいいような気持ちになった。そうすることは美容室へ向かい、長い黒髪をばっさり切り、茶色のショートにした。香凜によって、なんとなく気分を一新できたような気がした。

何の根拠もなく浮気を疑われているのなら、本当に浮気をしてやろう、と香凜は思い、レズビアンの出会い系掲示板にアクセスした。

　香凜は高校と大学の時に、それぞれ男と付き合ったことがあった。高校は放送部の先輩で、大学は同じ学部の同級生だった。それなりに素敵な恋で、素敵な相手だった。大学の同級生とは身体の関係にも及んだし、それも悪くない体験だった。しかしどちらもやはりどこかで二人の道が分かれ、それぞれ違う方向へ向かうこととなった。自分は女も好きになれることを香凜は知っていたし、実際に女性の同級生や先輩に片思いをしたこともあったが、同性ときちんと付き合うのは楊欣が初めてだった。恐らくその事実がより一層楊欣の不安を掻き立てたのだろう。しかし香凜としては、男を好きになる自分も女を好きになる自分も、どれも本当の自分だし、楊欣と付き合っている今は、やはり男を好きになる自分より、女を好きになる自分の比率の方が圧倒的に上回っていると感じている。今の香凜にとっては、完全なレズビアンという言葉と同じくらい、バイセクシュアルという言葉もしっくり来ないものだった。そんな自分に、香凜はまだ名前を見つけられないでいるし、また、名前をつける必要も特に感じない。

　掲示板の募集記事を百件くらい読み漁った。地域、年齢、セク、好み、どれも通り一遍のものしか書いてなくて、正直応募する気にはなかなかなれなかった。それでもやる気を出して、五件選んで連絡してみた。一回限りのつもりの浮気が、本物の、後に続くような浮気にならないよう、香凜は入念に文面を読んで書き手の性格を推測し、とても本気で好きになれそうにない相手をわざと選んだ。五件連絡したうち、返事が返ってきたのはあのゆーだけだった。

ところがゆーの性格は想像以上に香凜にとって耐え難いものだったし、何よりバイセクシュアルの人と付き合うと傷付くという発言は、思いっきり楊欣を思い起こさせ、香凜の逆鱗に触れたのだった。二人の大人が自らの身体を使って、それぞれの目的を達成しようとした。ゆーは慰みを欲しがり、香凜はささやかな報復を遂行しようとした。しかし結局、計画は失敗に終わった。そんな報復計画を思い付いた自分が怖いという感情と、そんな些細なことすらうまくいかないという苛立ちが、香凜の胸裏を交錯しながら去来した。

明日も予定があるから早めに帰らなくてはならない、とゆーには言ったものの、明日は日曜日で特に何の予定もないし、早めに家に帰っても特にやることはない。楊欣も日本にはいない。終電まであと一時間半はある。もし楊欣が家にいれば今すぐにでも帰りたい気分なのだが、誰もいない家には早く帰っても仕方がない。かといって二丁目に戻って飲み直す気にもなれない。他に行きたいところも特にない。そんな自分の中途半端さを笑いながら、香凜はとぼとぼと新宿駅へ向かって歩いた。

　楊欣と知り合ったのは二年前の夏、民間放送テレビ局に経理として勤める香凜にとって、それは決算申告や源泉税納付、社会保険申告などの繁忙期を経て、ようやく落ち着いた時期だった。番組制作の現場を知ることも経理スタッフにとっては大事なことだ、と先輩に言われ、局制作番組のロケ地の見学に連れていかれたところ、楊欣はそこにいた。

　それは富士山に関するシリーズドキュメンタリー番組で、経費削減のため、富士五湖のロケは外部の番組制作会社に発注していて、楊欣がその制作会社のアシスタントディレクターの一人だった。その日は西湖周辺の観光スポット、樹海遊歩道や富岳風穴《ふがくふうけつ》、鳴沢氷穴《なるさわひょうけつ》などのロケが行われていた。

　香凜が現場に着いた時、楊欣は地面に膝をつき、木の板でできたベンチを机に見立てて、マジックペンでカンペの加工をしていた。その両手には赤、青、緑など様々な色のインクがついていて、指はところどころ怪我しているようで絆創膏を貼っていた。彼女の髪型はほとんどスポーツ刈りに近く、長いところは一センチ程度、短いところは数ミリしかなく、しかも額の両端には深い剃り込みが入っている。片方の耳に銀のピアスを三つしていて、気温が三十度に上る真夏日なのに長袖のゆったりしたフード付きのパーカーを着ていた。一見高校か大学くらいの男子のようにも見えるが、男性にしては顎や鼻の下があまりにもつるつるで、眉骨もあまりにも平たかった。身長がそんなに高くなく、全体的に華奢で、肩の幅も狭く首筋も細かった。他の人なら気付くはずもないだろうが、楊欣がパーカーの下にナベシャツを着て胸を潰していることが、香凜には一目で分かった。ふと楊欣が顔を上げ、二人の視線が合った。楊欣の細長い眶《まぶち》には真っ黒な瞳が嵌《は》め込まれていて、それが黒真珠のように柔らかい光を湛えているが、時にはその光が鋭い切れ味を見せる瞬間があった。楊欣が俯き気味になり、その瞳が長い睫毛に覆われていると、また何とも言えない哀しげな雰囲気を醸し出していた。

収録が始まってからも、香凜の両目は楊欣に釘付けだった。彼女に任されたカンペ出しというのは慣れればおよそ誰でもできる仕事だが、ディレクターやリポーターなどの大役より、楊欣の方がずっとしっかりした存在感を放っていて、目を引く何かがあった。

氷穴の入り口は地下へ通じるとても急な石の階段になっていて、階段のあちこちが濡れていていて黒ずんでいた。ロケ隊の後について、香凜も氷穴に入っていった。階段を数段下りると、まだ穴にも入っていないのに空気が既にひんやりと冷たくなったのがはっきり感じ取れた。地上は三十度くらいの高温だが、階段をあるところまで下りると突如十数度下がり、それも一段下りるごとに更に少しずつ気温が下がっていく。氷穴は地下二十メートルまで続く深い縦穴のため、階段は穴に入ってからも続いた。途中で天井が九十センチくらいの高さになり、手すりに摑まり、腰を折り曲げ、頭を低く下げながら、一歩一歩慎重に階段を下りていかなければならなかった。頭に被っているプラスチックのヘルメットが何度か岩の天井にぶつかり、鈍い音を立てた。

「ここは青木ヶ原樹海の真下にある、鳴沢氷穴です。氷穴は風穴と同じで、どれも溶岩洞になります。今から千百五十年以上前に、富士山から噴出した溶岩がゆっくり冷えて固まる時に、溶岩内部に含まれるガスや、まだ冷え切っていない溶岩が抜け出し、その結果、こんな洞穴になったのです」

三十代の女性リポーターは洞穴内を手で示しながら、マイクとカメラに向かって解説している。「氷穴の下が永久凍土になっているため、穴の中はとても寒くなっています。外の気温は三十度でとても暑かったのですが、穴の中は――」リポーターは手にしていた温度計の度数を確認し、それをカメラに示した。「四度です。真夏でもとても寒くなっています。だから冷蔵庫がなかった昭和の中頃まで、人々は冬に採った氷を穴の中に保存していました。夏になっても氷は融けない、いわば天然の冷蔵庫として活用されていました」

穴の中がこんなに寒いとは香凜は思わなかった。香凜は真夏の格好で来たので、半袖のワンピースしか身につけていなかった。カーディガンや上着のようなものも持っていない。少し時間が経つと寒さが応えてきて、香凜は両足をぴったりくっつけて、両掌で腕を擦って暖を取ろうとした。しかしそれでも体温が少しずつ着実に奪われていくのを感じた。

早く地上に出たい、と香凜は思った。しかし氷穴内は一方通行で後戻りができず、先輩と一緒に見学に来ている身だから、ロケ隊より先へ進むわけにもいかない。

リポーターは氷穴内部にある地獄穴について説明している。とても危険な穴で、うっかり足を踏み外すと二度と帰れないことから地獄穴と名付けられたという。穴がどこまで続いているか今でも確認できていないが、伝説によれば江ノ島まで続いているらしい。それはとても興味深いことではあるのだが、もし地獄がここより暖かいのであれば少しの間行ってみてもいいのかもしれない、と香凜は思った。

ふと誰かが何かを羽織らせてくれたのを感じた。振り返ると、楊欣が手に持っていた男物の薄手のジャケットを着せてくれたのだった。名刺を交換したから、楊欣の名前は知っていた。

「寒いなら、着てて」

ぽっつりと楊欣はそう言った。ボーイッシュな見た目にとても似合う、少し嗄《しゃが》れた低めのハスキーボイスだった。もし対面ではなく電話だったら、まず性別が判断できないような声だった。素敵な声、と香凜は思った。いきなりのタメ口も、不思議と不快に感じなかった。

「ありがとう」

と香凜は礼を言い、ジャケットの袖に腕を通した。陽の光をたっぷり吸収したジャケットはとても暖かく、微かな香りが感じられた。その香りは太陽の香りと持ち主の香りが入り混じったもので、ジャケットは男物だが、その香りは紛れもなく女性的なものだった。

訊けば、アシスタントディレクターはロケ地のリサーチや下見もしなければならないので、洞穴内が寒いのは事前に知っていた。情報はもちろんチーム内で共有したが、それでも準備が足りないメンバーのために、上着を多めに持ってきたのだ。それもアシスタントディレクターの「気の利かせ方」の一つだという。チームメンバーの体調管理までもがアシスタントディレクターの仕事になるというのが普通かどうか香凜には分からないが、ジャケットがあるのはとても助かった。

ロケが終了した後、お礼がしたいからと言って、香凜は楊欣を食事に誘った。

「ごめん」

楊欣はきまり悪そうに視線を地面に彷徨わせながら、独り言のような小声でぽっつり答えた。「まだ仕事がたくさん残ってるから、会社に戻らなくてはいけないんだ」

「何時になっても構わないし、短い時間でも構わない」

と香凜は言った。「仕事が忙しくても、ご飯くらいは食べるでしょ?」

結局二人はその夜の十時前に、楊欣の会社(港区)の近くで夕食を食べた。場所は朝まで営業する居酒屋チェーンだった。十時前に仕事を切り上げるのは、楊欣にとってはまだ早い方らしい。楊欣は両目の下にクマができていて、目玉も微かに血走っていた。瞼が重たい幕のように今にも下りようとしていた。胸は潰したままで、パーカーの胸のところや背中には何度も汗に濡れては乾いた痕跡があった。二人はビールを飲みながら色々な話をした。意味のあることと、それほど意味のないこと、そして全く無意味なこと。楊欣の日本語は滑らかで聞き取りやすく、話も順序立てられていてとても論理的だった。おかげで香凜は楊欣の生い立ちについて概ね知ることができた。

今の制作会社では楊欣はまだ入社二年目だが、テレビ局入局五年目の香凜より実は二歳年上だった。

楊欣は母親が女手一つで育てた、つまりはシングルマザーの家庭環境だった。一人っ子政策のもとで楊欣は当然のように一人娘であり、言うなれば親一人子一人の家庭で、二人は北京郊外の古びた家でひっそり暮らしていた。

物心ついた時から、楊欣の記憶には父親というものがなかった。母親は楊欣をとても優しく大事に育てていたが、かつてはいたであろう父親について語ろうとしなかった。語ろうとしないというより、触れることを強く拒んでいた、という方が適切かもしれない。父親のいない子供として、楊欣は子供時代に同級生からよく嘲笑われた。彼女を嗤うのに使われた言葉の数々は、悪辣卑劣極まりないものだった。その度に彼女は激しく反撃した。自分を嗤う人に飛びかかり、鼻血が出るまで拳で顔を殴ったり、小石を頭にぶつけたりした。多くの場合相手が怖じ気づき、勝手に退散してしまうが、反撃が常に成功するとは限らない。返り討ちに遭い、鼻血が出たり頭にこぶができたりするのが楊欣の方だったということも何度かあった。反撃が成功しても失敗しても、家に帰ったあと楊欣はいつも母にしがみつき、自分の父がどこに行ったか知りたがった。母はいつもだんまりを決め込み、固く口を閉ざしていたが、たった一度だけ、こう漏らしたことがあった。

「お父さんはもうここにはいない。あんたが生まれた翌年にいなくなった。失踪したのよ」

楊欣は頭がよく、勉強ができる子供だった。失踪《シーゾン》という言葉があまり日常的とは言えないにせよ、楊欣にはその意味が分かっていた。人や物が姿を消すこと、それを失踪という。例えば勉強机の引き出しの奥に大事に取っておいたお菓子が消えたり、飼っている兎や近所の子供が急にいなくなったりすること、どれも失踪と言える。楊欣によく分からなかったのは、どんな場合に、あるいはどんな状況において、人間が——それも自分よりずっと背が高い(はずの)、男性の大人が——失踪するのか、何故失踪しなければならないのか、ということだった。

自分を取り囲む濃い霧がやっと少しばかり晴れかかったのは、中学二年生の国語の授業だった。当時、先生は『礼記』「礼運大同編」について解説していた。

「使老有所終《ろうをしておわるところあらしめ》、壮有所用《そうをしてもちうるところあらしめ》、幼有所長《ようをしてちょうずるところあらしめ》、矜《かん》・寡《か》・孤《こ》・独《どく》・廃《はい》・疾者《しつのものをして》、皆有所養《みなやしなうところあらしむ》」

と先生は文章を読み上げた。「矜・寡・孤・独・廃・疾はそれぞれ意味が違っていて、六種類の社会的弱者を指しているんだ。矜とは年老いても妻のいない男、寡とは年老いても夫のいない女。孤とは親のいない子供、独とは――」

「孤って、楊欣のことじゃん」ふとクラスの男子の誰かが笑いを含んだ声で言った。特に大きな声で叫んだわけではないが、クラス全体の耳に届くには充分な声量だった。忽ち男子を中心に爆笑が湧き起こった。笑いながら拍手する人までいた。

楊欣は顔が熱くなったのを感じた。身体中の血液が顔に集まってきたような感覚だった。火照る顔とは正反対に、四肢が急速に温度を失っていき、瞬く間に冷えていった。胃の中が空っぽになったように感じられ、心臓だけが激しい動悸を刻んでいる。背中が盛大に汗を掻き、制服の白いブラウスを濡らしていったが、それも冷たい冷や汗だった。思考が働き出すより先に、楊欣は隣の席に座っている、盛大な拍手を送っている男子に飛びかかり、彼を椅子から突き落とした。椅子は音を立ててひっくり返り、机も衝撃の弾みで床に思いっきり叩きつけられ、バタンっと爆音を轟かせた。途端に笑い声も拍手もピタッと止まり、代わりに悲鳴とざわめきが四方八方へと広がった。しかしそれとは関係なく、楊欣はその男子の身体に馬乗りになり、彼の顔めがけて何度も拳を振り下ろした。

その日、楊欣は国語の先生から、放課後の居残りを命じられた。先生は初老の男性で、大きな丸眼鏡をかけ、髪の毛が禿げかかっていて、古風なアイボリーの綿の唐装を身につけていた。彼は意味深げな表情で、楊欣を頭から足まで、そして足から頭まで、一頻り値踏みするように何度も眺めた。そして視線を逸らし、生涯抱えてきた何か大きな問題についてやっと納得が行ったように、重々しそうに何度か頷いた。それから空っぽになった教室の扉と窓を入念に施錠し、一筋の光も室内に零れないよう丁重にカーテンも閉めた。迸る血の色をした夕焼けは教室の外に遮断され、教室内は薄闇に包まれた。

居残りを命じられた時点で、楊欣はこっぴどく叱られる心の準備ができていた。何を言われても言い返さず、俯いて粛々とそれを受け止めようと思った。しかし生徒を叱るにしては、先生はあまりにも慎重過ぎるように見えた。まるでこれから教室内で持ち上がろうとしているのは、決して人目に触れてはいけない種類の物事であるかのように。

直感的に、楊欣の頭には性にまつわる事柄が真っ先に思い浮かんだ。今この瞬間、この教室には二人しかいない。先生と自分以外に誰もいない。そして扉と窓は丁重に鍵がかけられ、カーテンも閉められている。よほど強い意志を持って、窓ガラスを割ったり鍵をこじ開けたりしない限り、教室内の動静は外からはまず把握できないだろう。教室内には先生と自分しかいない。何が起こっても、それを見届ける人はいない。

先生は四十代後半の成人男性、対して自分は十四歳の女子中学生——髪の毛を短く切り、制服はスカートではなくズボンを穿き、膨らみ始めた胸も布を巻き付けて潰している、クラスメイトの女子と比べればとても性的魅力が強いとは言えないが、それでも定義からすれば女子中学生に違いない。そんな二人が二人っきりで教室に閉じ込められている。先生がこれから自分にしようとしていることについて、それが何であれ、恐らくあまり好ましくない種類のことだろうと、楊欣は推し量った。そう思った楊欣は筆箱からコンパスを取り出し、それを手に握り締めて、こっそり応戦態勢に入った。ところが先生は何も仕掛けてこなかった。歩いて教室を一周し、全ての鍵がかかっていることを確認した後、先生は唐装のポケットから煙草の箱を取り出し、一本口に咥え、火をつけた。目を閉じたまま一口深く吸い込んでから、ゆっくりと白い煙を吐き出した。

先生をじっと見つめながら、楊欣は戸惑った。教室というのはもちろん煙草を吸っていい場所ではないし、国語の先生が煙草を吸うところは初めて見た。何より、薄明りを頼りに見えてきた先生の横顔には、深い皺が蔓延っていた。それらの皺の一本一本が、何かの苦しみを叫んでいるようで、見ていてとても痛々しかった。それを見ていると、先生が自分に良からぬことをしようとしているのではないかと一瞬でも疑った自分がどうしようもなく愚かしい人間だ、と楊欣は思った。

ややあって、先生は徐《おもむろ》に口を開いた。

「君の父親のことだけど」

と先生は言った。「君は何か知らされていないかい?」

父の話が出てくるのは想定外のことだった。鼓動が早まるのを感じながら、楊欣はゆっくりと首を横に振った。「いいえ、何も」

「そっか」と先生は何度か頷いた。相変わらず、重々しそうな頷き方だった。それから質問を変えた。「君は、八八年生まれだっけ?」

「はい、八八年二月です」

それを聞いて、先生はまた何度か頷いた。

「八〇後《バーリンホウ》、なんて言葉があるみたいだね。八〇年代生まれの、激動の時代や貧困を知らない幸福な世代」

先生は少し間を置いた。そして話し続けた。「しかし私に言わせれば、それは必ずしも幸せなことじゃないと思うんだ」

楊欣は言葉の続きを待った。

「私は君の父親を知っている」

と先生が言った。楊欣は思わず目を瞠《みは》った。「彼がいなくなったのは、君が生まれた翌年のはずだ。何か心当たりはないか？」

楊欣は暫く考え込んだ。自分が生まれた翌年に父が失踪した、そう母から聞かされたことを思い出した。

「母は父のことをあまり語りたがらないんです」

楊欣は軽く頭を振ってから、話し続けた。「失踪した、としか聞いていません」

「それは確かに精確な言い方だろう」

と先生が言った。「精確ではあるが、正確ではない」

「精確《ジンチュエ》ではあるが、正確《ジェンチュエ》ではない」と楊欣は繰り返しながら、先生の言葉を咀嚼した。

「彼は私の大学の後輩だった。北京大学中国文学科」

これから本題に入る、と言わんばかりに、先生は楊欣に向き直り、彼女の両眼をまっすぐ見つめた。「とても頭のいい後輩だった。博覧強記とは彼のための形容詞だ。大学一年生の時から新聞や雑誌で社説を発表し、二年生の時に初めての小説を出版した。ジョージ・オーウェルの『一九八四』に匹敵する政治小説だった。『一九八四』は読んだことがあるかな？」

楊欣は首を横に振った。歴史の授業でタイトルを知ったが、読んだことはない。

「読んでみるといい。君の父親の本は発禁になったが、幸いなことに『一九八四』は発禁になっていない。それを読むと、少しは我々の生きているこの国の成り立ちについて理解が深まるだろう」

楊欣は次の言葉を待った。国の成り立ちなんてどうでもいい。知りたいのは父のことだ。

先生は話を続けた。

「大学を卒業した後、私は就職して、中学の国語教師になった。この通りだ」

先生は右手を横に広げてみせた。そしてそれが萎んだ花のように力なく身体の横に垂れ下がった。「しかし君の父親は違った。彼は修士課程に進学し、博士課程まで進んだ。将来有望の若手研究者として、周りから期待されていた。君の母親と結婚したのは、修士課程を修了した年のことだった。そして博士課程三年目の時、彼はいなくなった」

「なんでいなくなったんですか？」

楊欣は待ちきれず、話の先を促した。先生はもう一度彼女に向き直り、真剣な目付きで彼女を見つめた。何かジレンマを抱えているような、困難な決断に踏み切れずにいるような、とても難しい表情を浮かべた。皺が這っている額に、汗の雫が滲《し》み出ていることに楊欣は気付いた。暫くしてから、先生はやっと意を決したように、長い溜息を吐いた。そして静かに口を開いた。

「一九八九年六月四日。それが君の父親が失踪した日付だった」

先生はこれまで見たことのない鋭い眼光で、楊欣をじっと見つめた。その視線は触れると切れて血が出るかのようだった。「生か死か確認が取れない人は、たとえ生きている可能性がほぼゼロに近しいとしても、それは失踪と言う。失踪とは言うが、恐らくもうこの世にはいないだろう」

それから先生が口にしたのは、楊欣が聞いたことのない話だった。一九八九年六月三日の夜から四日の早朝にかけて、天安門広場で起こった惨劇について——楊欣は勉強ができる方だし、本を読むのも好きだった。小学校に上がる前からよく本を読んでいた。中国の歴史には詳しい方だったし、歴史の授業でも三皇五帝から中華人民共和国まで、流れを一通り攫《さら》った。それでも天安門事件なんて聞いたこともなかった。本で読んだこともなければ、テレビやネットで見たこともない。母を含めて誰かから聞いたこともなかった。たかが十数年しか経っていないというのに、全てが忘却の彼方に放り出されていた。数え切れないほどの人が殺されたというのに、何故誰も口にしようとしないのか。何故誰も教えてくれないのか。何故みんな揃いも揃って知らない振りをするのか。

これは陰謀だ、と楊欣は反射的に思った。十数億の国民が、国までもがグルになって、自分の父親を死の側に追放したのだ。そして今度は自分に対して、その事実を隠し通そうとした。父の娘、僅か十四歳の女子中学生に、ことの真相を気付かれるのを避けるために、世界は動き出し、あれこれ策略を巡らし、知らぬ振りをして、だんまりを決め込んだのだ。

そうさせてたまるか。楊欣の心の奥底に、闘志の炎がめらめらと燃え上がった。世界との闘い方はよく分からないが、それでも闘志が燃え盛ったのだった。家に帰った後、楊欣は暫く自分の部屋に閉じ籠もった。一週間ほど、食事とトイレ以外に自分の部屋から一歩も出なかった。こんがらがる頭を整理し、真新しい情報との付き合い方を考えるためにはそうする必要があった。

母を問い詰めたいとは特に思わなかった。先生から教わったことを口外すると先生を微妙な立場に陥れることになるのを、幼いながらも楊欣は知っていた。それに、母はことの真相を知っているに違いない、だとすれば彼女もまた共犯者だ、と楊欣は思った。自分を真実から遠ざけた共犯者なのだ。

自分は真実を知ってしまった。しかし自分しか知らない真実なんてどんな意味があるのだろう。もっと多くの人に知らせなければ、真実というものは意味を持たない。意味を持たない真実は、存在しないも同然。そう楊欣は結論付けた。

高校に入ってから、楊欣はジャーナリストを目指すことを決心した。真実を究明し、それを大衆に伝える理想的な職業だと思った。いつかは隠された真実を世界に知らしめたいと思った。それが会ったこともない（少なくとも楊欣は覚えていない）自分の父親に対しての、せめてもの鎮魂のような気がした。大学はマスコミュニケーション科に入り、卒業後に楊欣はテレビ局の記者になった。

ところが、現実の硬く高い壁にぶち当たったのは就職した後のことだった。真実というものは常に何らかの形で損なわれ、結局のところ不完全な形でしか世界に伝わらないということに、楊欣は実務を通して気付いた。それは言葉や言い回しの選び方だったり、撮影の構図だったり、編集の切り貼りの仕方だったりする。その気になれば、真実は自由に折り曲げたり、歪ませたりすることができる。焼き上がった肉に自由に調味料を加えることができるように。そして場合によっては、真実は作り出したり消滅させたりすることだって可能である。抵抗の利かない巨大な意思——国家や党による規制、局の上層部の忖度——が介在する際に、真実というのは何の力も持たず、吹けば消えてしまう灯《ともしび》のようにか弱いものだ。

ありとあらゆる場所に厳重に敷かれた規制の網に嫌気が差し、楊欣は一年後に退局した。もっと真実に近づくことが許される場所で、思いっきり自由な空気が吸いたい。そう思った楊欣は海外へ渡ることに決めた。大学時代に第二外国語として日本語を習ったことがあるから、渡航先は日本にした。一年間の日本語学校と二年間の専門学校を経て、ドキュメンタリーを専門とする番組制作会社に、アシスタントディレクターとして入社したのだった。いつかはディレクターとして、中国――特に天安門事件――の真実を世界に伝える番組を作るために。

切り立つコンクリートの絶壁に囲われ、押し寄せる光の波を掻き分け、香凜は新宿通りを歩き続けた。

この道を歩いた回数はもはや数え切れない。終電前の深い夜や、始発後の浅い朝。時には艶《あで》やかなネオンを纏い、時には湿っぽい朝陽《ちょうよう》を浴びながら、毎日数百万の人間がこの街に吸い込まれ、この街を去っていく。そんな巨大都市に身を置くと、自分のあらゆる情動もとてもちっぽけなものに思えてくる。

伊勢丹前を通る時、ふと香凜はあるものに目を引かれた。伊勢丹前の歩道の端に何本か植木が植わっており、その一本の下には高さ三〇センチくらいの行灯が置いてあって、微かに杏色の光を放っている。行灯の紙には楷書で「無料人生相談」と書いてある。植木の横には折り畳み式の小さな丸い机が一基、同じく折り畳み式の椅子が二脚置いてある。そのうちの一脚には紺のニット帽を被り、黒いジャケットを着た男が座っていて、文庫本を読んでいる。

伊勢丹前の路上は夜になると何かがあるということは、香凛は前からなんとなく気付いていたが、特に気には留めなかった。ここを通る時は大抵終電に間に合わせようと急いでいるし、何しろ新宿の路上には色々なものがあり過ぎる。どうせ占いか何かだと思って本能的にスルーしていた。しかしよくよく見れば、ニット帽の男はあまり占い師には見えないし、机の上にも占い盤や算木《さんぎ》やタロットのような占い道具は置いてなさそうだ。手相を見る占い師の可能性もあるが、それならはっきり「手相」と書けばよく、「人生相談」で誤魔化す必要はどこにもない。

終電までまだ結構時間がある。このまま帰りたくない。かといって特に行く場所もないし、二丁目にも戻りたくない。何より、自分は今誰かと話がしたくて仕方ないということに、香凛は気付いた。先刻ゆーに本音をぶちまけたことで残った後味の悪さは、まだどっしりと胸につかえている。そのせいでどんなに頑張って深呼吸をしても、永遠に酸素が足りないような感触が身体の中にこびりついている。このまま誰もいない家に帰っても、こんな酸欠状態にずっと付き纏われるだけだろう。確かに自分の情動はちっぽけなものではあるが、それが自分自身をきつく締め付けていることに変わりはないのだ。

香凜はもう一度その男に視線を向けた。男は痩せ細っていて、両頬にもあまり肉がついていない。顎には髭の剃り残しが生えている。ニット帽を被っているから髪の毛の量までは確認できないが、顔や肌の調子から判断すればおよそ三十代後半か四十代前半なのが分かる。見知らぬ男に話しかけることに少なからず抵抗感を覚えたが、人と車が行き交う新宿のメインストリートの路上で、こんな痩せ男を相手にしても身の安全が損なわれるようなことはないだろう、と香凜は思った。

人生相談でも占いでもいい、とにかく誰かと話がしたい。無料で話し相手になってくれる人がいればそれに越したことはない。もし相手が実は何かのペテン師で、自分が運悪くペテンにでもかかったら、その時はよほどついていないのだと認めるしかない。そう思い、香凜は意を決して、

「こんばんは」

と、男に話しかけてみた。男の読んでいる文庫本は紙カバーがかかっているから、

どんな本なのか見当がつかない。机の上には黒表紙のクリアブックが一冊置いてあり、その中身もよく分からない。

男は顔を上げ、香凜と視線が合った。その両目は横に細長く、微かに見開かれていて、どことなく柴犬のそれを連想させた。そう思い付いた途端、小さな立ち耳や、細長い口、尖った顎までもがどことなく柴犬に似ているように見えてきた。

「こんばんは！」

柴犬の男は文庫本を鞄に仕舞い、香凜に挨拶した。「お姉さんは今日の一人目ですよ。どうぞお座りください」

促されながら、香凜は空いている方の椅子に腰を下ろした。男は鞄から白いプラスチックの卓上プレートを取り出し、机の上に置いた。レストランでよく見る「御予約席」のようなプレートだった。プレートには、「ただいま２１３８人目です。」と書いてある。数字のところは貼り替え可能なシールを使っている。

「別に相談したいことがあるわけではないのですが」

と、香凜が言った。「ちょっとお話がしたいだけです。構いませんか？」

「そう言う人が多いのですが」

と、男が言った。「でも何かしらあるんじゃないかと、僕は思うんですよ」男は片手を横に広げ、新宿通りの歩道を行き交う人波を示した。「お姉さんだって何かしらあるからこそ、話しかけてくれたんでしょう？　じゃないと、こんな路上にいる訳の分からないやつに、普通はわざわざ話しかけたりしませんよ」

そうとも違うとも答えず、香凜は話題をずらした。「お兄さんは、なんでこんな訳の分からないことをやっているんですか？　しかもこんな訳の分からないことに、二千人も乗ってくれたんですね」

「訳の分からないことをする人も、それに乗ってくれる人もいるからこそ、世の中は面白いんですよ。そしてこの新宿には、そんな人がたくさんいます」

男は右手の指で、卓上プレートをとんとんと叩いた。「僕は最初の頃は渋谷でやってて、そのあと色んなところを転々としてきたんですけど、最終的にここに落ち着きました。新宿は社会の縮図だと僕は思うんですよ。ゴールデン街のような一風変わった飲み屋街があって、欲望の街・歌舞伎町があって、そして性的マイノリティの街・新宿二丁目がある。とにかく色んな人が来ています」

新宿二丁目という言葉が男の口から出たことは、香凜には少し意外だったが、顔には出さなかった。「お兄さんはなんでこんなことをしているんですか？」

「人の話を聞くのが楽しくて」

と、男が言った。「僕は昔、カフェで働いてたんですけどね、靖国通りにあるカフェ。小さいカフェだからお客さんと話をする機会が多くて、店には色んな人が来るので、話を聞くのが楽しくて。中には悩みを抱えていて吐き出してくれるお客さんもいて、つい調子こいて相談に乗ったこともありました。相談に乗ってあげることで悩みが解決して、清々しい顔になったお客さんを見ると、それがまた嬉しかった。相談に乗っているうちに、いっそ路上で人生相談でもやってみてはどうかと思って、店を辞めたんですね。三年近く前に」

「随分と思い切った決断ですね」と香凜が言った。

「楽しいからいいんですよ。今はパン工場のバイトもしてるから、生活はそれで成り立ってるわけだしね」

人生相談をやっているのに人の話を聞かず、自分のことばかりべらべら喋るのはどうかと思いながら、不思議と香凜は反感を抱かなかった。それどころか、男の積極的な自己開示っぷりには好感すら持てた。恐らく柴犬っぽい見た目のおかげでもあるだろう、いかがわしさみたいなものはあまり感じなかった。全てが計算した上での意図的な演技である可能性ももちろんあるが、それにしても目的が今一つよく分からない。

「こんな冬、寒くないんですか？」と香凜は訊いた。今でも発話する度に白い息が吹き出されている。

「ここは意外と暖かいんですよ」と男は言って、自分が座っている場所の地面を手で示した。「地下鉄が通っているから」

男の手が指し示す先を見下ろすと、確かにコンクリートの歩道に、二人が座っている場所だけ鉄の格子状の溝蓋が嵌まっている。恐らく地下鉄駅構内の通風口なのだろう、その蓋の下から熱気が流れ出てきている。それにしても身体の下半身しか暖まらず、上半身は寒いままなのだが、男にとってはそれで充分らしい。

「この流れだと、僕が自分の話を一方的に喋ることになりそうだから、お姉さんも自分の話をしたらどうですか？」と男が言った。

香凜は暫くの間躊躇《ためら》ったが、やがて決心がついた。世の中には政府の暴政を暴くために奔走する人がいるのだから、人の話を聞くのが楽しくて路上で無料人生相談をやっている人が当然いてもおかしくはない。第一、この男はペテン師にも見えないし、保険セールスマンやマルチ商法業者にも見えない。たまたま通りかかった自分に嘘を吐いてもそんなにメリットがあるとも思えない。だったらとりあえず男の話を信じてみることにしよう、と香凜は思った。それと同時に、人を信じることが何故こうも難しいんだろう、と疑り深い自分に少しばかり傷付いた。

「恋人と喧嘩したんです」と香凜が言った。

「恋人というのは、男性ですか？　女性ですか？」と男が訊いた。

男の訊き返しに、香凜は密やかに感心した。そんなことを訊かれるとは思わなかった。

「そこを確認するのって、流石です」

と香凜が言った。「お察しの通り、女性です。喧嘩したまま、海外出張に出かけちゃいました」

「なんか僕、試されてません？」男は笑いながら言った。「相手が男性だったら、大体『彼氏』と言うからね。わざわざ『恋人』と言ってるから、そうなのかなって思って」

男は黒表紙のクリアブックを開き、あるページを香凜に見せた。ページには「性の在り方」とタイトルがついていて、その下には「身体的な性」「性自認」「性的指向」「性表現」の四つの観点の組み合わせで、様々なセクシュアリティが記述されている。ヘテロセクシュアルにレズビアン、ゲイ、バイセクシュアル、トランスジェンダー、Aセクシュアル、ノンセクシュアル、デミセクシュアル、パンセクシュアル、クェスチョニング、Xジェンダーなど、およそ香凜が知っているセクシュアリティに関する言葉が全て載っているし、それぞれの言葉には簡単な説明も書いてある。どれもがネットで集めただろうと思われる教科書的な分類と説明だが、それでも香凜は素直に感心した。

別のページを見ると、「マズローの欲求ピラミッド」「悩みの四種類HARM」「お金で買えるもの/買えないもの」「メンタルヘルス問題の五レベル」「ハラスメントの種類」「ジョハリの四つの窓」「恋愛の五段階」など、やっぱりネットやそこら辺の自己啓発本の受け売りと思われる様々なフレームワークが集められている。このクリアブックは、男が人生相談をする時に使う参考資料集みたいなものらしい。

香凜は少し安心した。理由は二つある。一つ、少なくともこの男は詐欺師やペテン師などではなく、本気で路上人生相談をやっているのだ。もう一つ、どうやら男は専門的な訓練を受けたカウンセラーといった類の人ではなく、あくまで経験と勘を活かして我流で相談に乗っているだけのようだ。香凜はカウンセラーとかアドバイザーとかコンサルタントといった重苦しそうな人達が苦手だった。そこにはどうしてもある種の「正しい道へと導く」ような押し付けがましさを覚える。路上人生相談、気楽で上等じゃないか、と香凜は思った。

「お姉さんは、この中のどれですか?」

と、男は「性の在り方」のページを指で示しながら、そう訊いた。

香凜は少しばかり迷ったが、ややあってゆっくりと首を振った。「分からないし、決めたくもないんです」と香凜が言った。

「決めたくないって、クェスチョニングということですか？」と男が訊いた。

「そうじゃないんです」と香凜が言った。「敢えて言葉で自分を定義する必要を感じません。昔は男と付き合っていたし、今は女と付き合っているけど、自分をバイセクシュアルだとは思っていません。かといって完全なレズビアンでもない気がします。どの言葉を使っても、自分自身を部分的に削り取ってしまうような気がするんです」

「なるほど」と男が言った。「人によっては、言葉があった方が安心、その方が自分が何なのかが分かって、そこから自己肯定感に繋がるんですが、お姉さんは言葉は要らない派ですね」

「柴犬と呼ばれるか秋田犬と呼ばれるか、柴犬自身にとって大して意味がないように」

「お姉さん、面白いこと言いますね」と男が笑って言った。笑うと剝き出しになる前歯が不揃いで、少し黄ばんでいた。「恋人さんとはなんで喧嘩したんですか？」

香凜は楊欣のことを男に話した。間もなく天安門事件三十周年を迎えるということで、楊欣の会社では珍しく天安門事件に関するドキュメンタリー企画が持ち上がった。楊欣は中国の真実を伝える番組が作りたくて日本にやってきたというのに、入社して三年経ってもそれとは関係のない番組ばかり作らされてきた。日本各地のモノづくりの技術や、アスリートへの取材、あるいは観光・グルメ番組がほとんどだった。今回、やっと天安門事件の企画が発案されたので、楊欣は参加させてほしいと率先して手を上げた。直属上司も楊欣の番組制作への参加に同意した。

ところが企画が上層部に上がった段階で、楊欣は突如チームから外された。代わりに日本アイドルグループの中国での活躍を報道する番組に割り当てられた。楊欣は上司に強く抗議したが、天安門事件の企画に中国人が関わると危険な目に遭いかねないから、安全のために外すべきだと上層部が判断したとのことだった。

「会社も楊ちゃんの安全を配慮してくれての判断だから、仕方ないんじゃない？」

話を聞いて、香凜は慰めのつもりで楊欣を宥《なだ》めた。しかしそれが楊欣の逆鱗に触れたのだった。

「危険を恐れていては、何もできないんだよ！」と楊欣は大声で叫んだ。「君も俺がそんな臆病者だと思ってんのか？」

子供の頃から周りのイジメに対抗すべく身につけていた鎧と、生やしていた刺は、大人になっても脱ぎ捨てきれず、楊欣は自尊心を傷付けられるかもしれない物事にはいつも過敏に反応する。しかし香凜からすれば、それは窮鼠《きゅうそ》の虚勢にしか見えなかった。

「あなたの理想は分かる」と香凜が言った。努めて怯える表情を見せず、楊欣の両目をまっすぐ見据えながら、冷静な口調で。「でもあなたには安全でいてほしい。私にとってそれが一番大事なの」

「やはり君には分からない」楊欣は喚き続けた。「あの事件で、数千、数万人が命を失ったんだよ。地震や津波で死んだんじゃなくて、国に、機関銃と装甲車で殺されたんだ！」そこで楊欣は一旦止まり、何回か深呼吸した。そして暫く間を置いてから、掌で自分の胸の辺りを叩きながら、大きな声で叫んだ。「俺の父親もその中にいた！」

「大声出すのはやめて」香凜は静かに言った。「弱さが露呈するだけよ」

「あ、そう？」と楊欣は自嘲するように、一回軽く鼻で笑った。「どうせ俺は弱い人間だよ。あんたはもっと強い人と付き合えばいいだろう？　どうせあんた、男と付き合ったことあるし」

「またその話？　私は今あなたが好きなの。女のあなたが」

「バイセクシュアルなんて信用できない。男も女も行けるのに、わざわざ女を選ぶ理由なんてないだろう？　俺の知らないところで男と浮気してるかもしれないし」

会話はそこで終わった。香凜は何も言い返せず、一頻り楊欣と見つめ合った。楊欣は両目が血走っており、短い髪の毛が一本一本逆立っているように見えた。黙ったまま香凜は踵を返し、寝室に入って後ろ手にドアをバタンと力任せに閉めた。翌朝起きた時、楊欣は既に家を出た後だった。

「今の話を聞くと、喧嘩は今回だけじゃないようですね」人生相談の男が言った。「よく喧嘩をするんですか？」

香凜は軽く頷いた。「付き合って二年以上経ってるけど、大体二か月に一回は喧嘩しています」

「恋人さんは、きちんとした理想があって、プライドも高いのですが、その割にあまり自分に自信が持てないように聞こえます」と男が訊いた。「何か手掛かりはありませんか？」

「付き合っていた何人かの女が、最終的に男を選んだという話を聞いたことがあります」と香凜が答えた。「彼女は外見が男っぽい分、昔の恋人はその男っぽさに惹かれて彼女と付き合った人が多かったようです。だからこそ振られる度に、自分は所詮代用品で、本物の男には及ばない、というコンプレックスが強化されていったように思います」

「昔の恋人達って、本当に男の方が良かったんですかね」そうとは限らないんじゃないかな」と香凜が言った。「もちろん中には、女と付き合ってみてやっぱり男の方がよかった、という人もいたかもしれません。男とも女とも付き合えるけど、女とは結婚できないから仕方なく男を選んだ人もいるかもしれません。本当は女が好きだけど、社会や家庭のプレッシャーに抗えず、結果的に男と結婚させられた人もいるかもしれません。中国は一人っ子政策だったから、結婚に関しては余計に厳しかったようです」

「色んなパターンがありますね」と男が言った。「恋人さんを振って男を選んだ元恋人達について、どう思いますか？」

「ある程度仕方がないと思います」と香凜が言った。「彼女達を責めるつもりはありません。選ばなければならない人も辛いだろうと思います。何しろ、同性の関係がまだ社会的にも法的にも認められていない、そこが一番の問題点です。そして社会のプレッシャーというのは、誰にでも耐えられるものではありません」

「でも彼女達が恋人さんを傷付け、結果的にお二人の喧嘩の原因を作り出しています」

「誰にでも過去はあります」と香凛が言った。「誰かの今を愛するということは、過去も含めて全てを引き受けることだと思います。違いますか？」

「良い覚悟です」香凛の質問に、男はにこりと笑った。「しかし必ずしも全ての人が、誰かを好きになる時にそんな覚悟ができるわけではないと思います」男はもう一度右手の人差し指で、卓上プレートの「２１３８人目」のところをとんとんと叩いた。「ここで二年半くらい人生相談をしていると、中には恋人の過去で悩んでいる人もたくさんいました」

「どんな過去ですか？」

「恋人がよく風俗に出入りしていたとか、乱交パーティーに参加したことがあってそれで性病に罹《かか》ったとか、実は性同一性障害で性別を変えたことがあったとか、あるいは、性犯罪の被害者か加害者になったことがあったとか」男は笑うのをやめて真剣な表情になった。「どれもそう簡単に引き受けようと思えば引き受けられるもんじゃないでしょ？」

男の口にした過去事例が些《いささ》か想像を超えていたので、先刻臆面もなく豪語を放った自分を香凛は少し恥ずかしく思った。「そういう人達に、お兄さんはどういうふうに助言しているんですか？」

「一人一人の性格が違うから、決まったアドバイスはないんですけど」男は暫くの間考え込んだ。そして話し続けた。「でも大前提として、人間に変えられるものはとても限られています。過去も変えられないし、他人も変えられない。社会も法律もそう簡単には変わらない。結局のところ、人間が簡単に変えられる物事は一つしかない。それは何だと思いますか？」

「自分自身？」と香凛が訊いた。

「お姉さんは頭が良いですね」と男が笑って言った。「反応も速い」

それもどこかの自己啓発本の受け売りだろう、と香凛は思った。「でも自分自身でさえ、変えられないものがあります」

「もちろん」と男が言った。「顔や身長、手足のサイズ、肌の色は簡単には変えられない」

「性的指向もね」香凛は補足した。

「僕にはとても好きな言葉があります」

男はそう言って、鞄から手帳みたいなものを取り出した。かなり使い古されたもので、革の表紙が色褪せていて、装丁が崩れて落ちそうなページがたくさんあり、ページの端もあちこち毛羽立っている。ボールペンで何かがびっしり書き込まれているようだった。男はページをめくり、そこに書いてある言葉を指さしながら香凛に見せた。街灯を頼りに、香凛はそのボールペンの汚い筆跡を読み取った。

――神よ、お与えください。変えられるものを変えていく勇気を。変えられないものを受け入れる冷静さを。そしてその両者を識別する知恵を。

「アメリカの神学者の言葉のようですね」と男が言った。

香凛は暫く黙り込んで考えた。自分にとって、変えられるものとは何だろう。変えられないものとは何だろう。何かを変えてまで守りたいものとは何だろう。何かを失っても変えたくないものとは何だろう。混じり合った色合いの近い粘土のように、全てが頭の中でごちゃごちゃになって、とても仕分けられそうにない。

「そもそものところ」香凛は思考を整理しながら、感想を口にした。「私は恋人との喧嘩の件で相談しているのですが、ますます色んなことが分からなくなった気がします」

「建設するためには、まず破壊することが必要な場合もあります」と男は手帳を鞄に仕舞いながら、笑いを含んだ声で言った。「経験上、お姉さんのような頭の良い人が特にそう」

「建設の兆しが全く見えませんが」と香凜は正直に言った。

「空き地にはおのずと家が建つものです」と男が言った。「新しく建つ家の中で、お姉さんは恋人さんとどんな関係になりたいんですか？」

香凜は暫く考えた。「完全さという幻想に縛られず、過去にも囚われず、未来にも怯えず、ただ互いを見つめながら今現在を噛み締める、そんな関係」

「とてもいい理想です」男は口元に微笑みを浮かべながら、そう言った。「でも恋人さんは完全さにこだわり、重い過去を抱えて、未来も見えないから不安がっている。そんな状況において、お姉さんに変えられることと変えられないことがあるとすれば、それぞれどんなことですか？」

分からない。何一つ答えが見つからない。楊欣と出会った氷穴のような深い縦穴の中に、香凜はただ一人で放り込まれてしまっているような気分になった。周りは真っ暗で、掌を顔の前に置いても何も見えてこない。懐中電灯らしきものは持っていない。どこに岩があり、どこに穴があり、またどこに氷があるのかも分からない。時たま低過ぎる天井に頭をぶつけるし、時たま起伏する地面に躓いて転んでしまう。空気が冷たく肌に刺さるし、風がヒューヒューと吹き抜ける音が聞こえるようだった。出口がどこにあるかは分からない。光を求めてどこへ進めばいいか見当もつかない。

しかし香凛は、男との会話はもう切り上げてもいいと直感的に思った。進むべき方向が何一つ見えてこなくても、自分が今深い縦穴のようなところにいることが分かれば、それでいいような気がした。縦穴の中では男に道案内などできるはずもなく、自分一人で進まなければならない。縦穴には入り口と出口があり、地上には鬱蒼と生い茂る樹海と燦々と降り注ぐ陽光がある。真っ暗闇の中で、拙くても、不器用でも、手で壁を伝いながら手探りで進めば、いつかは出口に辿り着くはずだ。出口のところで、楊欣も自分を待っているのかもしれない。あるいは暗闇のどこかの片隅で、楊欣は一人ぼっちで蹲っていて、めそめそ泣きながら見つけてもらうのを待っているのかもしれない。

男に礼を言って別れを告げると、そろそろ終電の時刻が近づく頃だった。人波に紛れ、煌めくネオンを見上げながら、香凛は再び新宿駅の方へ歩き出した。歩きながら携帯を取り出し、一時間を隔てた場所にいる楊欣に電話をかけた。

通信音が暫く鳴り続け、やがて楊欣の懐かしい声が聞こえてきた。

「もしもし？」楊欣の声が言った。「香凛ちゃん？」

一日の仕事を終え、ひどく疲れているような声だったが、少しばかり緊張も滲み出ているように感じられた。そんな声しか出せなくなっても電話には出てくれたことを、香凜はとても嬉しく思った。

五つの災い

女になり損ねた！　男の娘が鉄道自殺　検死時「一本多い」

10月14日夜9時ごろ、新北《しんぺい》市郊外で若い女性が線路に横たわり自殺したという通報が市民から入った。警察が駆けつけた時、女性は大量出血で既に死亡していた。しかし検死の際、なんと死者の体に「一本多い」ことが判明！　男性が女装した「男の娘」だったのだ。目撃者への取材によると、死者は自殺直前に紫のドレスを身に纏い、厚化粧をし、長い黒髪のウィッグを被っていたそうだ。実に女より女らしい格好だった。自殺の動機について警察が調べたところ、死者は生前に性別倒錯の傾向があったことが分かった。警察は「女になり損ねた」から思いつめたのではないかという方向で調査を進めている。遺族に取材を申し込んだところ……

クラブ〈ラウンジ・トワイライト〉から外に出て、蔡暁虹《ツァイシャウホン》は冬の寒空を仰ぎ見て大きく息をし、冷たい空気を肺いっぱい吸い込んだ。

〈ラウンジ・トワイライト〉の中ではクラブイベント〈リリス〉が開催されている。元々ウーマンオンリーのビアンバーだった〈リリス〉は近年、ミックスバーに転向したが、月に一回だけ〈ラウンジ・トワイライト〉を貸し切って女性限定のクラブイベントを開催している。満員電車さながらの場内は幻惑的な光が充満し、ディスコボールの派手やかな輝きが壁や天井や若い女の子達の顔と身体を伝い移ろっていく。若い女の子達は大音量のクラブミュージックに身を任せて身体を揺らしたり飛び跳ねたり、ゴーゴーダンサーに口移しでチップを渡したり、隅っこでこっそり接吻を交わしたりしている。酸素が薄いせいか、ロングアイランド・アイスティーを二杯流し込むと少し眩暈がして、外の空気を吸おうと暁虹は一旦会場を出ることにした。「LOUNGE TWILIGHT」のネオン看板を目にした途端、葉若虹《イェールオホン》の死を報道するネット記事が微《ほろ》酔《よ》いに乗じて記憶にちらついた。

数度頭を強く振り、記憶の水底からじわじわと攀《よ》じ登ってくる恐怖を振り払おうとした。いくら時間を味方につけても、生まれ変わっても、記憶は絶えず付き纏ってくる。完全な忘却を望んでいるわけではないが、その記憶と真正面から向き合うには、今の暁虹はまだ弱過ぎる。

幅二メートル強の裏通りの両側は雑居ビルが峙《そばだ》ち、電線が乱雑に張り巡らされ深夜二時の暗闇を切り細裂《きこまざ》く。白人の酔客が群れを成してはしゃぎ、その横にアジア人に見える女の子が地べたにへたり込んで一人で啜り泣いている。遠くないところで男の人が道端に横たわり、腹を出してだらしなく寝転んでいる。あちこちの店から排出されたゴミはピラミッドのように高く積み上がり、間に酒の缶や瓶が無秩序に散らかる。

初めてそんな二丁目風景を見たのは、若虹の死を知った夜だった。あの時蔡暁虹は戸籍上、まだ陳承志《チェンチェンジー》だった。自らの男性的な名前を嫌い、留学先の日本では母の名字「蔡《さい》」に因んで、さえというニックネームを使っていた。面白おかしく書かれたネット記事を見かけた時、怒りを覚えるより先に呆気に取られ、パソコンの前で暫く茫然自失した。ややあって、それほど驚愕することでもないように思えてきて、さえは深い諦念にとらわれた。これは起こるべくして起こった死なのだ。最後に会った時の、若虹のあまりにも弱々しく憔悴していた顔が脳裏を過《よぎ》った。家族の圧力に折れてスポーツ刈りにし、メイクもしていない若虹は、もはや艶《つや》やかな女ではなく、どこからどう見てもごつごつした男だった。そんな無様な姿を晒すのは死ぬこと以上の苦痛であることが、さえにもよく分かっていた。

胸に泣きついてきた若虹を、さえは優しく抱きかかえた。カールした長い髪がなくても、ファンデーションを塗っていなくても、つけ睫毛をつけていなくても、若虹はやはり女だ。女性ホルモンを摂取していたため、若虹は肌が滑らかで、皮下脂肪も豊かだった。微かにではあるが、胸の膨らみだってあった。ホルモンの摂取時期が早かったから、青春期の声変わりが不完全で声はまだ女性的に聞こえた。何より、肉体という空虚な入れ物に押し込められた若虹の魂は、紛れもなく女の子なのだ。そのことをさえは誰よりも知っていた。しかし女としての若虹は家族からも世間からも歓迎されていない。親は家業を継ぐ一人息子であることを若虹に望み、女としての若虹を忌々しい存在として、幾度も罵声を浴びせ、呪詛の言葉をぶつけた。

「一緒に死のう。こんな姿で生きるくらいなら、死んだ方がマシ」

煌びやかなネオンが照り返す夜の淡水河《ダンシュエハー》の畔で、若虹はさえの胸に縋《すが》りつきながら呟いた。湿っているが、艶のある甘い声。それはさえがどれほど渇望しても、もはや今生、手に入らないものだった。

さえは押し黙り、若虹の哀切な懇願に応じなかった。死ぬのが怖いからではない。女になり切れず死んでいくのが無念で悔しかったのだ。その時さえは日本留学を控えていた。女の格好をし、ホルモンの摂取を始めてから一年弱、外見が女になりつつあったさえにとって、自分のことを知っている人がいない日本への留学は、自分のパス度を試す絶好の機会だった。思春期からホルモンを摂取していた若虹とは違い、さえは二十歳を目前にしてはじめて自分が女だと気付き、トランジション《性別移行》を始めたのだ。身長が高く、肩幅も広いさえにとってトランジションは容易でなく、始めてから一年経ってもなお男と女のあわいを微妙に、不安定に行きつ戻りつしていた。

日本に渡って一か月経った頃、風が肌寒くなる十月、さえは若虹の自死を知った。若虹の後を追うことも考えた。しかし記事を読み返しているうちに、激しい怒りが身体の奥底から湧き上がり、ふつふつと沸騰した。死んだ後もこのように言葉で鞭打たれるくらいなら、死んでもなお存在を歪められるくらいなら、望む姿で死ぬことすら許されないのなら、意地でも生き延びてやろうと思った。

二歳年下の若虹は、さえにとって妹であり、先輩であり、師匠であり、恋人だった。初めて若虹に会ったのは、大学二年生の台灣同志遊行《台湾プライドパレード》だった。ネットでトランスジェンダー当事者団体の存在を知ったが、メンバーのプライバシー保護のため集会の時間と場所は常に非公開で、彼らと接触するなら様々な団体が集まるプライドパレードが一番都合が良かった。

跨性別《トランスジェンダー》という言葉を知ったのは、実家の高雄を離れ、台北の大学に入った後だった。その言葉を知る前に、さえは自らの性別を疑ったことがなかった。性別には男と女がある。男には睾丸、陰茎と陰嚢があり、女には卵巣、陰唇と膣がある。男の染色体はＸＹで、女はＸＸである。男と女は求め合い、愛し合い、結ばれる。男か女かは外見を見れば判断できるし、身分証にも記載されている。そんな当たり前のことを叩き込まれながら育ったさえには、性別の定義を疑おうという発想が一度たりとも生まれなかった。さえには睾丸があり、陰茎があり、陰嚢があった。染色体は見たことがないが、身分証には男と記載されていた。そして女に恋愛感情を抱く。疑う余地はない。自分は極普通の、異性愛者の男だ。長い間、さえはそう信じていたし、周りの人間もそれについて何も疑問に思わなかった。性別の境界を彷徨ったり、移行したりする人間がいることなどさえにとっては想像の範疇外だったし、ましてや自分がそうかもしれないという考えはたったの一度でも脳裏を掠めたことがなかった。

　だからトランスジェンダーや性同一性障害《GID》、ＬＧＢＴといった言葉を知ることによって、生まれてこの方ずっと気付かなかった真新しい世界への扉が突如目の前で開かれたように、さえには思われた。トランスジェンダーという言葉がさえの在り方を名付け、ＧＩＤがその在り方に正当性を与え、ＬＧＢＴがそれを位置付けた。そしてどれもそれまでなかった安心感をさえにもたらした。自分が何なのか、ようやく分かったのだ。そのことにさえはとても勇気づけられた。

思えば手掛かりがないわけではなかった。小学生の時から、大人に着せられた半ズボンの制服が窮屈で仕方なく、女子のセーラー服やプリーツスカートの美しいシルエットに憧れていた。思春期の時、クラスの男子はみんな髭を剃ることを楽しみにしていたようだったが、さえは髭が生えてくることがとにかく怖かった。高校の時、クラスの男子は好んで性器の大きさを話のネタにしたり、阿魯巴《アールーバー》(5)と名付けられた野蛮な遊戯に興じたりしていたが、さえは全く興味がなかった。水泳の授業で上半身裸になるのもとにかく嫌で、さえは様々な理由をつけて授業から逃げていた。

勿論、さえにも性欲はあった。部屋に籠もり、こっそり性欲を処理することもあった。しかし果てた後、いつも激しい自己嫌悪に陥り、何度も自分の手を洗った。吐き出された白濁の粘液の臭いを嗅ぐと、虫唾が走り反吐《へど》が出そうになった。自分の性器を女の子の身体に入れることなど考えられなかった。恋人ができたこともあり、ベッドを共にすることもあった。しかし上半身を脱いでも、さえは決して自分の下半身を恋人の前に晒さなかった。恋人が隣に横たわっていると生理反応としてさえは性器が充血して膨らんだが、恋人には決して触れさせなかったし、伸ばしてきた恋人の手をやんわり拒んだ。さえも恋人の性器を触ろうとしなかった。本当は触りたかったが、自分が触ると相手にも自分のを触らせなければならない気がして、それが嫌で我慢したのだ。

それでもさえは自分だけが他の人と違うとは思わなかった。自分はまだ大人になりきれていないだけだとさえは思っていた。大人になれば、自ずと他の男達と同じように、男としての自分自身を受け入れられるようになると思っていた。しかしそれは間違いだった。さえは端《はな》から男ではなかったのだ。

「どっかで読んだけど、私達は五つの災いを経験しなきゃならないそうよ」

と、若虹はそう言っていた。

プライドパレードでトランスジェンダー当事者団体と接触した後、さえは「小蔡《シャウツァイ》」という名前を使って、早速次の集会に申し込んだ。集会と言ってもこれといった目的があるわけではなく、メンバーが情報を交換したり、生活の悩みを持ち寄って相談したり、自由に雑談したりするだけだった。最もよく話されたのは精神科カウンセリングやホルモン補充療法《HRT》、性別適合手術《SRS》などの医療関連情報で、次に頻出し

（5）複数の人間が一人の男子を持ち上げ、両足を開かせて柱や樹に股間をぶつける、中華圏で流行る遊び。

たのはメイクや服のコーディネートの技術だった。家庭や職場、学校での人間関係の悩みもしばしば話題に上った。

団体ではメンバー同士は互いの性自認に基づき、「姉妹」あるいは「兄弟」と呼び合った。「姉妹」と「兄弟」には様々な人がいた。社会運動家や研究者、大学生や大学院生、IT企業のエンジニアや銀行のスタッフ。しかし一番多いのは精神疾患で在宅療養中の無職者や、アルバイトで辛うじて食い繋いでいるフリーターだった。年齢も様々で、十代の学生から五十代の妻子持ちまでいた。十代のうちに自覚を持ち始めたのは幸運な方で、五十代にもなってようやく自身の性別違和と向き合えるようになったケースは、本人にとっても家族にとってもちょっとした悲劇になる。見た目もまた千差万別で、若虹のように元々小柄な人ならトランジションも比較的容易だが、中には筋骨逞しく、身長が一八〇センチを超える人もいた。顔の輪郭はメイクでなんとかできる場合もあるが、骨格と身長はどうしようもない。それは努力の総量が必ずしも成果に繋がらない、残酷な世界だった。

「五つの災い？」とさえは訊いた。

集会の後、さえは若虹と二人で淡水に出かけた。若虹はパーマをかけた長い黒髪が程よくカールし、つけ睫毛を含むフルメイクを施し、女物の白いTシャツに膝丈のデニムスカートを穿き、茶色く細いベルトを腰に締めていた。足にはヒールが五センチの茶色いレースアップサンダルを履いていた。メイクが派手めという点を除き、その無造作な着こなしは誰から見ても極普通の女子高生だった。実際、若虹はまだ十七歳だった。一方、コミュニティに入ったばかりのさえはまだ女の格好をしていなかった。メイクもしていないし、髪も短く、Tシャツに男物のジーパン、足には男物の白いスポーツシューズを履いていた。若虹と並んで歩いていると、自分の外見がみすぼらしく感じられ、気になって仕方なかった。

「金・土・水・火・木、五行の災い」

若虹は言った。「出生自体が金の災い。金童玉女《ジントンユーニュー》って言うでしょ？　中華文化では女子は玉で、男子は金。世間では金の方がめでたく有難がられるけど、私達にとってはただの災厄ね。

思春期が土の災い。賈宝玉《かほうぎょく》(6)だっけ？『女は水でできていて、男は土でできている』って言ったのは。ほんとその通りで、思春期に分泌された大量の男性ホルモンは山津波の濁流のように、私達の身体を内側から埋め尽くしていったの」

(6)　中国古典小説『紅楼夢』の主人公。

「私はともかく、若虹はそれほど埋め尽くされていないと思うけどね」さえは口を挟んだ。若虹は自覚が早く、中学から自分の本当の性別に気付き、高校に上がってからこっそり女性ホルモン錠剤を買って服用していた。

「水で洗い流すのが早かったからね。それが水の災い。女性ホルモンで男性ホルモンを洗い流すの」

河辺の柵に倚《よ》りかかり、夕焼けに染まる淡水河を眺めながら、若虹は言った。

「それって災い？」

「小蔡はまだ薬を使っていないから分からないだろうけど、薬を使うと胸が膨らんで、乳腺にしこりができて痛いの。精神的に不安定になったり、吐き気がしたり、血栓、乳癌など、副作用はいっぱいある」若虹は振り返り、さえと向き直って微笑みを浮かべながら言った。まるで親戚の犬の最近罹っている病気について話しているような軽い口調だったが、聞くさえの方は肝を冷やした。

「火の災いって、手術のこと？」さえは類推した。

「そう、火に焼かれて、不死鳥のように生き返るの。生き返れなければ、麻酔がもたらす闇の中で終わりを迎える」若虹は再び夕焼けの川面に視線を向け、燃え盛る夕陽を見つめた。

「木の災いって？」

「手術をしたって、戸籍と身分証を変えたって、本物の女になれるわけじゃないのよ」若虹は川面を見つめたまま、寂しげに言った。「卵巣も子宮も月経もないし、女性ホルモンは死ぬまで服用し続けなければならない。もちろん妊娠はできない。それって、肉体を持たない木像みたいだと思わない？」

さえはそれには答えず、若虹と同じように川面を見つめながら黙りこくった。若虹もまた返事を求めようとせず、何も言わなかった。淡水の古い街並みやグルメを楽しむ観光客の喧騒が渦巻く中で、普通が蔓延る世間の片隅で、二人はただ沈黙を紡ぎ続けた。

若虹が言っていることは、何一つ新しい情報がなかった。情報工学を専攻するさえにとって、取っ掛かりとしてトランスジェンダーという言葉さえあれば、後はいくらでも自力で情報を仕入れることができた。性別移行の長いプロセスと危険性、そして不完全性。さえは当たり前の知識として分かっているつもりだった。分かった上で引き受けるつもりだった。しかし若虹の比喩を聞くと、その不条理性を改めて噛み締めざるを得なかった。世の中のほとんどの人はそんな試練を受ける必要がない。厳しい試練を乗り越えてはじめて辿り着けるさえや若虹にとっての目的地は、彼らにとってはスタート地点に過ぎない。さえは自分の身に降りかかった五つの試練を憎み、嘆き、そんな試練を受ける必要もなく生まれ落ちた瞬間から女だった人達を羨み、妬んだ。

その日から、さえは若虹に想いを募らせていった。それまで感じたことのなかった、狂気に近い激しい愛情がさえの胸裏に根付き、芽生え、日に日に育ち、鬱然《うつぜん》と葉を茂らせていった。さえの想いに若虹も応えてくれた。バスや地下鉄の中で、大通りの道端で、公園のベンチで、夕焼けの河辺で、二人はところ構わず、人目を気にせず手を繋ぎ、抱き締め合い、唇を重ねた。実家に住んでいる若虹を、さえは何度も大学の寮に連れ込んだ。大学の寮は四人部屋で、勿論男子寮だった。ルームメイトがいても一向に構わず、二人は狭い木製のシングルベッドに身体を重ね、まさぐり合った（とはいえ上半身のみで、二人とも互いの下半身には決して触れようとしなかった）。これから立ち向かう茨の道のことを考えると、もはや怖いものは何もないとさえは思った。

若虹の指導のもとで、さえは女性化の道をゆっくり歩み進んだ。小さい時から女友達が多い若虹にとって化粧はお手の物で、いつもさえにメイクしてくれた。女物の服も一緒に買いに行った。ファッションに無頓着なさえにとってそれは驚きの連続で、女物の服は色も種類も多く、まさに百花繚乱だった。シャツのボタンの掛け方が男女で異なるのは初めて知ったし、フェイクレイヤードワンピースというものの存在にもびっくりした。ブラジャーのカップの測り方を覚えるのも大変だったし、自分に合うサイズの靴を探すのも苦労した。

女性化というのは実に大掛かりな工事で、髪の毛先から足の爪先まで何もかも手を入れなければならない。地毛が伸びる前にウィッグを被るしかなく、ゲジ眉は常に手入れして形を整える必要がある。黒い肌はしっかり美白し、ブラジャーのカップにはストッキングを詰め込む。耳にピアスを開け、爪にマニキュアを塗る。髭はさほど生えていないが、脛毛は濃い方なので、剃っても剃ってもすぐ生えてくる。脱毛サロンに通うお金もなく、いつも抜くタイプの電動脱毛器を使って、歯を食いしばって痛みに耐えながら処理している。処理した後、脛毛の残骸は黒い虫の群れのように床に散らばり、脛には真っ赤なぶつぶつができる。毛穴が痒くて仕方ないが、それと引き換えに二週間程度滑らかな脛が手に入る。それでやっと安心してスカートが穿ける。人は女に生まれるのではない、女になるのだ、と実存主義の哲学者が言ったが、全く女になるというのは本当に大変なことだ。

「今は大変だけど、ホルモンを使い始めたら少し楽になるよ」若虹はさえを慰めた。

若虹の紹介で、さえは大学病院の精神科に通い始め、性同一性障害の診断プロセスを始めた。医師の指示に従い、自費診療で知能テストを行い、心理テストを行い、染色体検査を行った。自分が病気だとは思わないが、ホルモンを使うためには性同一性障害の診断が必要で、診断を取るためにはカウンセリングに通わなければならなかった。

性別移行を始めてから、この世界が如何に男女二元論を前提に形作られているか、さえは思い知らされた。トイレも、寮も、シャワールームも、更衣室も男女に分かれる。身分証にも、保険証にも、学生証にも、出席簿にも性別欄があり、さえはどの書類でも男に仕分けられる。就学やアルバイトから口座開設や携帯購入まで、様々な手続きで身分証番号が必要とされ、その番号もまた男女で異なる。男は「1」で始まり、女は「2」で始まるのだ。そして兵役。男達と一緒に裸になって身体検査を受け、軍隊に送り込まれて一年間軍事訓練を受けるなんて、それほど残酷な煉獄《れんごく》はない。大学を卒業し、徴兵されるまでに何とか性別を変えなければ、部隊の中で狂ってしまうか、死んでしまうだろう。社会というシステムは大きな網のように常にさえの頭上に張り巡らされ、どこに行っても逃げ場がない。ことあるごとに自らの意思に反して性別が曝け出される。

程なくしてさえは大学の寮を追い出され、五倍の家賃を払って学外で部屋を借りなければならなくなった。外出時に公衆トイレも使えなくなった。身分証の提示を求められる選挙に行く勇気もなく、何か手続きをする時にいつも戦々恐々としている。二十歳の誕生日にさえは実家に帰り、両親にカミングアウトした。

「お前をそんなふうに育てた覚えはない」父は激怒し、さえに怒鳴りつけた。母はひたすら泣いた。

「育て方の問題じゃない。これは生まれつきだよ。病気なんだよ」さえは痛切な口調で理解を請うた。自分が病気だとは思わないが、理解してもらえるなら病気でも何でも便宜的に使ってやる。可哀想だと思われても構わない。それで少しでも支援が得られるなら、生き延びるためのリソースが手に入るのなら、どう思われたって構うものか。しかし父は全く理解を示そうとしなかった。息子が女になる。退役した元職業軍人である父にとって、それほど恥曝しなことはない。

「親の言うことを聞かないなら、もう出てけ。女の格好がしたいなら台北で勝手にすればいい。もう帰ってくるな」父はさえを家から追い出し、仕送りを絶った。

父に隠れて母が細々《ほそぼそ》と送金してくれたおかげで、さえは大学には通い続けられた。それでも衣装代から化粧品代から診療費まで、膨大な出費は母の仕送りだけではとても賄いきれず、さえはアルバイトをしなければならなかった。成績の良さを活かして時給が比較的高い家庭教師の仕事を探したが、身分証と履歴書に男と書いてあるのに女の格好をしていては到底採用されるはずもなかった。やむを得ず、仕事の日だけ男の格好をし、他の日は女の格好をすることにした。男と女の狭間でもがき苦しみながら、さえはそんな二重生活をただただ耐え忍んだ。道理でトランスジェンダーの多くは精神を病むわけだ。元々病気でなくても、社会によって病気に追い込まれてしまう。

さえはしばしば悪夢に魘《うな》されるようになった。夢の中で、さえはただ独りで果てしない荒野を歩いた。全てが失われ、全てが崩れ去った後の常闇の荒野。月もなければ、星もない。夢想も希望もない。恐らく昼夜の流転もなく、時間の流れもない。宙を浮いているのは、ただ無数の闇の粒子だけだった。それらの粒子には名前があった。孤独、恐怖、不安、憤怒、悲哀、憎悪、厭世、苦痛、自己憐憫、自己嫌悪、自死願望……それらの粒子がさえを取り囲んだ。さえは叫ぼうとしたが、声が出なかった。漆黒の空が落ちてくると、さえは冷や汗に塗れて目が覚めた。

目が覚めると、変えられない自分と変えられない社会に向き合わなければならず、さえは幾度となく気が滅入った。さえはなるべく心の扉を閉ざし、外界の刺激を最大限遮断することにした。道を歩いている時に向けられる好奇の眼差しも、学科内で飛び交う陰口と嘲りも、身分証を見せる度に投げかけられる無理解な質問も、全て心から締め出した。日常は押しなべて作業に過ぎない。生き延びるための作業。心を乱さず、精神を狂わせず、ただ機械的に、手際よく熟していけばいい。押し殺した悲しみと絶望を薪《たきぎ》にし、さえは心のうちに怒りの炎を飼い馴らした。さえは社会学を履修し、社会運動に参加するようになった。胸裏で溜まりに溜まった鬱憤を、燃え盛る怒りの炎を社会運動の場で解き放ち、抗議の対象に思いっきりぶつけた。それによってしか、自己を保つ術がさえにはなかった。

唯一の心の支えは若虹だった。若虹の指導のおかげで、さえは次第に化粧の技術を身につけ、苦手だった色合わせも上手になった。自費ではあるが、精神科でもホルモン錠剤を処方してもらえるようになった。抗アンドロゲン剤、結合型エストロゲン剤、プロゲステロン剤。薬は高く、経済的な負担が重くのしかかったが、それでもさえは嬉しかった。

ホルモン錠剤の影響か、激しい愛情のせいか、それとも両方かは分からないが、さえは情緒不安定な時が多くなった。理由もなくイライラしたり、急に悲しくなって涙を流したりした。

同じ時期に若虹も難題を抱えていた。若虹の実家は大稲埕《ダーダウチエン》にある中国医学クリニックの老舗で、若虹は一人息子として家業を継ぐことを期待されている。かなり伝統的な家系で、家業を継ぐことができるのは男性のみと決められていた。もし若虹が女になれば、後継ぎがいなくなるばかりか、葉家の血筋自体が絶えてしまう。若虹の父親は断じてそれを許さなかった。これまでは若かったから一過性のものだろうと父親は高を括り、女の格好をする若虹に目を瞑《つぶ》ってきたが、高校三年生に上がり、将来の進路を決めなければならない時期になるといよいよ圧力を強めてきたのだ。長い髪を切り、男の姿に戻り、大学は中国医学科に入るようにと若虹の父親が何度も命令を下した。そのせいで若虹も感情の起伏が激しくなり、情緒不安定なさえとしばしば衝突した。二人は時には激しく口論し、時には物を投げつけ合い、また時には優しく慰め合い、時には一つになるくらいきつく抱き締め合った。しかしいくらきつく抱き締め合っても、二人は一つにはなれなかった。

ベッドに並んで横になっていると、さえは時々考えた。世の中の恋人同士というのは、みんなセックスによってその関係性を確かめ、維持しているのだろうか。愛しているからには求め合わずにはいられない、一つになりたいという欲求のもとで性がもたらされる。男女でも、男同士でも、女同士でも、性的結合は恋愛の極自然な発展形として存在し、感情と関係性の潤滑油としても機能するのだろう。さえも若虹と強く求め合ったが、出生によって押し付けられた肉体のせいで、性に対する本能的な嫌悪感が彼女達の心に根強くこびりついている。性の手段を持たない彼女達の関係性は、あるいはとてもか弱く、頼りなく、それでいて最も純粋で、プラトニックなものなのかもしれない。

八方塞がりの日々で唯一の吉報は、さえの日本留学が決まったことだった。どんなに世間に突き放されても、絶望のどん底に突き落とされても、さえは大学の成績を一定のレベルに維持していた。自分のような異端者は特定の分野において優秀であることしか生き残る術はない、そう思ったからだ。そしてそれが奏功し、交換留学の選抜試験に合格し、留学奨学金も手に入ったのだ。そのことを知った若虹はまず顔を綻ばせて喜び、そしてさえを抱き締めて大声で泣き崩れた。

出発の二週間前、うだるような猛暑の日に、さえは若虹と一緒に出かけた。待ち合わせ場所でスポーツ刈りになった若虹を目の当たりにして、さえは愕然とし、なんて声をかければいいか分からなかった。若虹も何も口にせず、ただ弱々しく微笑んでみせた。どっしりのしかかる沈黙に耐えながら、二人は地下鉄に乗り、淡水駅へ向かった。道中、二人は何も言葉を発さなかった。地下鉄はある駅を過ぎると地上の高架線に上り、湿っぽい日光がじんわり車内を濡らしていった。終点駅である淡水駅に着き、乗客が全員降りていっても、二人はただぼんやり座り込んで、席を立とうとしなかった。程なくして電車がまた反対方向へ動き出し、南へ向かった。電車は北と南を何度も往復し、車窓外の景色が地底に吞み込まれては蘇るのを二人は茫然と眺めた。幾度目か淡水駅に着いた時、どちらからともなく二人は立ち上がり、電車を降りた。

淡水河に着いた時、夜の帳は既に深々と下りていた。月も星も見えず、雲が低く垂れ込めている。淡水河の河面は死体から滲み出る腐敗体液のようにどす黒く澱んでいて、ゆっくり海へ流れていった。向こう岸の沿岸の色とりどりのネオンが遠くの水面に映り、その後ろに共同墓地を幾つも侍《はべ》らせている観音山のシルエットが黒々と聳え立っていた。

「一緒に死のう」

さえの胸に縋りつき、若虹は湿った声で呟いた。「こんな姿で生きるくらいなら、死んだ方がマシ」

さえは若虹を抱き締めたまま、ただ黙りこくった。湿気をたっぷり含んだ夜風は黴と潮の臭いを帯びていた。ややあって、厚い暗雲の裏側で閃光が走り、遠雷が轟いた。

「死ぬのはいつだってできるから、今はもう少し、頑張って生きてみよう」

そう言いながら、さえは自分が口にしたありふれた言葉を恥じた。何が「もう少し頑張って生きてみよう」だ。慰めていると見せかけながら、本当はまだ死にたくないという自分のエゴ以外の何物でもなかった。

若虹はただ軽く首を振っただけで、何も言わなかった。二人はそれきり連絡を取ることなく、さえは日本へ渡った。

若虹の死を知った夜、さえは得も言われぬ喪失感に打ちのめされながら、麻酔を求めて新宿二丁目を訪れた。〈ラウンジ・トワイライト〉の店先で長い列を見かけ、壁に貼ってあるポスターを見るとそれは〈リリス〉というクラブイベントだった。それがさえの求めていたものだった。大音量の音楽と脳を麻痺させるアルコール。効率よく一時的に自分自身から抜け出すいい方法だ。

入口の横にはドアマンが立っている。身長が低く、針鼠のような髪型のボーイッシュな女性だった。さえを一瞥すると不審な目付きになり、じろじろ顔を覗き込んだ。そしてぶっきら棒に言った。

「身分証明書お願いします」

無言で外国人登録証を差し出すと、ドアマンは一頻りそれを眺めた。目当ての表記を見つけるやいなや、「やっぱり」と言わんばかりの表情になって、さえに言った。

「うちは女性限定なんで」針鼠の棘が逆立ったように感じられた。

「私は女の人です」さえは覚束ない日本語で反論した。

「男って書いてあるじゃん」針鼠は最も太く、最も鋭い言葉の棘を真正面からさえにぶつけた。そして薄ら笑いを浮かべ、値踏みするような視線で、さえを頭から足まで舐め回すように睥睨《へいげい》した。

その言葉に打ちひしがれて、さえは何も言い返すことができなかった。刺すような無数の視線を背中に感じた。後ろに並んでいる人達が全部自分を見つめているのだろう。さえは人前で無理やり裸の姿を曝け出されたような気分になり、屈辱感がじわりじわりと身体の奥底へ沁み込んでくる。

この場所にとって自分は排除されるべき異物でしかない。結局自分が何であって何でないかは、自分の努力や意志によってではなく、薄っぺらい紙切れによって規定されてしまうのだ。〈ラウンジ・トワイライト〉を離れ、さえはネオンの織り成す密林の下を彷徨った。酔客の喧騒、酒乱の叫び声、タクシーのエンジン音、昂ぶるクラブミュージック。朦朧とした視界の中で、雑多な声と音だけが入り乱れて頻りに鼓膜をはたく。全てが自分を鞭打っているような気がして、血がぽたぽた滴り落ちる音が聞こえるような気がするが、痛みはもはや感じられなくなった。やはり後を追うべきだった。若虹を追うべきだったのだ。若虹だけではない。性別移行というのは薄氷を踏んで対岸へ渡るようなもの、その過程でどれだけの先人が命を落としたり、精神を病んだり、貧困に陥ったりしたのだろう。太古の昔から厳然と人類の間に引かれている性別という太く強固な境界線、それに挑むのはどれほどの犠牲を要することなのだろう。自分だけが無事境界線の向こう側へ渡っていける根拠が一体どこにあるのだろう。

方向はもはや分からない。煌びやかな看板も、闇に浮かび上がる街灯も、全てが色彩を失っているように見えた。さえは道端にへたり込み、身体を異国の闇夜に無防備に差し出した。このまま誰か殴り殺してくれればいい。刺し殺してくれればいい。轢き殺してくれればいい。あるいはすっとこの闇夜に溶け込んで消えればいい。自分を苦しめるこの身体はもう要らない。さえはえずいた。何度も何度も嘔吐した。夕食を吐き出し、昼食を吐き出し、胃酸を吐き出した。吐瀉物の酸っぱい味と涙のしょっぱい味が混じり合って身体を刺激し、更に嘔吐を誘発した。お気に入りのワインレッドのスカートも、レースがついている白いブラウスも、ピンクのカーディガンもゲロ塗れになった。特に高価なものではないが、台北の五分埔《ウーフェンプー》卸売りマーケットで若虹が選んでくれたものだ。全身が震えている。肉体というものはなんて厄介で、難儀で、脆弱なものだろう。ことあるごとに病や痛みを訴えるくせに、いざという時はなかなか死んではくれない。滅んではくれない。消えてはくれない。

どれくらい経ったのか、さえには分からない。終電がとっくに過ぎていることだけは知っている。アジア最大のゲイタウンは依然として雑踏と喧騒に包まれ、夜の後半を賑わしていた。

「もう、こんなにたくさん飲んじゃって」

頭上から、女の人の声がした。少し皺が入っているような落ち着いた声で、呆れているように聞こえるけどどこか暖かみを感じさせるものがあった。

お酒なら一滴も飲んでいない。そう思ったが、言葉を発する気力はなかった。さえは女の声には反応せず、ただ相手が勝手に離れてくれることを願った。

女の人はそれ以上何も言わず、暫く経つとその場を離れた。ヒールがアスファルトを叩いてこつこつと小気味良い音を立て、遠ざかって喧騒に溶け込んだ。さえはほっとするのと同時に、どこか落胆していた。

しかしややあって、同じ足音がまた近付いてきて、さえの傍で止まった。乱れた髪の隙間を通って、涙で滲んだ視界が二本の華奢な足を捉えた。三センチくらいの低いヒールに支えられた青いスエードのパンプスに、血管が透けて見えるほど透明感のある足の甲がぴったり収まっている。足の甲が滑らかな傾斜をつけながら足首へと繋がってロングスカートの裾に隠れ、踝《くるぶし》が小さく盛り上がっている。

スカートの裾を整えながら、女は無言で屈み込み、タオルでさえの服についている吐瀉物を拭き始めた。さえは少しびっくりしたが、身体を動かしたり声を出したりする気力もなく、されるがままになっていた。女はさえの髪の毛を片方の手で掬い上げ、もう片方の手でタオルを持って優しく拭いた。髪の毛にも吐瀉物がついていたのだ。

汚れを一通り拭き取った後、女はさえの白いブラウスを軽く撫でながら、嘆くように言った。「これ、シミになるね」女の手の甲には幾筋か皺が這っているが、長くて綺麗な指で、爪に青のマニキュアを塗っており、冷たく光っていた。「あなた、失恋でもしたの？　恋人が男と結婚したとか？」

さえは何度かゆっくり首を振ったが、言葉は発さなかった。

「立てる？　私の店でちょっと休んでいきな。朝までやってるから」

汚れるのも気にせず、女はさえの脇の下に腕を挿し入れ、体重を支えながらさえを立ち上がらせた。「あなた、思ったより背が高いね」女は笑いを含んだ声で言った。

連れていかれた店は群青色に染まっている小さなバーで、L字のカウンターに七つの席が配置されている。客がいなくて、店内は空っぽだった。さえを一番奥の席に座らせると、女はカウンター内に入り、シンクでタオルを洗った。そしてグラスに氷と水を入れ、さえの前に出した。

「ちゃんと水を飲んで、酔いを醒ましてね」と女は言った。

さえはグラスを手にして、一口飲んだ。凍るような冷たい水が口から喉、食道を伝って胃に流れ込む感触を噛み締めるように味わっていると、次第に落ち着きを取り戻した。先刻のうらぶれ様を思い出し、吐瀉物の汚れた痕がついている服を見ると、恥ずかしさが込み上げてきた。

「お酒は飲みませんでした」とさえが言った。そして冷水をもう一口飲み込んだ。

「確かに酒の臭いはしなかったね」女は小さく頷き、納得するように言った。「じゃ、なんであんなにゲロ吐いてたわけ?」

さえは口籠《くちご》もった。日本語力が足りないということもあるが、たとえ言葉の問題がなくても、どこから説明すればいいか分からない。しばしの沈黙の後、さえは話題を変えることにした。

「ここは、どんな店ですか?」さえは訊いた。

「レズビアンバー、〈ポラリス〉って言うの。もう八年やってる」と女が言った。「私が店主、夏子よ」

さえはくるりと周りを見回した。深海のような群青色の照明は電気ではなく、ブラックライトと蛍光塗料によるものだとその時気付いた。木目調のカウンターには何種類かの店のショップカードが置いてあり、バックバーには色とりどりのリキュールやボトルキープの瓶、様々な形をしたグラスが所狭しと並んでいる。壁にはレズビアン系と思われるイベントのポスターが何枚か貼ってあり、今しがた自分が門前払いを食らった〈リリス〉のものもある。胸の膨らみと腰のくびれが強調された二人の女性が接吻しているイラストがメインビジュアルで、ポスターの一角には「WOMEN ONLY PARTY」とでかでかと印字されている。

「私はここに入ってもいいですか？」さえは訊いた。

「うちは女性であれば、外国人でも、誰でもウェルカム」と夏子が言った。「あなたはどこから来たの？」

「台湾です」そういうことじゃない、とさえは思った。「私はトランスジェンダーです」

そのカミングアウトを聞いても、夏子は特に驚いた様子がなかった。やはり見た目からしてばれていたのだ、とさえは密かに肩を落とした。

「トランスジェンダーといっても、女の子でしょ？」と夏子は訊いた。

「そう思います」とさえは言った。

「だったら問題ないんじゃない？」夏子は満面の笑みを浮かべた。そして両手を広げて芝居がかった口調で、英語で言った。「男性としての特権を放棄し、二級市民になることを心から願っているのなら、私達の世界へようこそ」

「The L Word《Lの世界》」さえも英語で言った。夏子が口にしたのは、アメリカのレズビアンドラマ『Lの世界』の台詞だった。珍しくトランスレズビアンが登場するシーンで、一回若虹と一緒に観たことがあって、それ以来印象深く記憶に残っている。

若虹を思い出した途端、またもや傷口の瘡蓋《かさぶた》が剝がされ、悲しみがぶり返した。自分を落ち着かせようとして、さえは何度か深呼吸をした。それでも湧き上がる若虹と過ごした記憶が容赦なく涙腺を刺激し、さえは俯き加減になり、肩に力を入れて必死に堪えた。

「辛いことがたくさんあったのね」さえの様子を見かねてか、夏子が言った。「無理に我慢しなくてもいいのよ」

夏子の言葉に触発され、さえはカウンターに突っ伏して、思いっきり啜り泣き始めた。夏子は何も言わず、ただ煙草を吸いながらさえが泣き止むのを待った。二人しかいない狭い店内に、さえの泣き声だけが途切れ途切れ木霊した。

それからさえは週一回のペースで二丁目に通い始めた。夏子の紹介で、ポラリス以外の店にも足を踏み入れてみた。新宿二丁目という決して広くないエリアに、性格も客層も異なる実に多彩な店が数多く密集していることに、さえは仰天した。そんなエリアは台湾では見たことがなかった。中にはトランスジェンダー系の店も複数あって、客同士が女装や化粧のスキルを教え合ったり、情報を交換したりしながら飲んでいた。化粧が得意な店員がフルメイクしてくれるサービスもあった。時には女性化講座も開催され、パス度が高いトランスジェンダーの先輩が講師として、女性らしい歩き方や仕草、話し方、そしてボイストレーニングの方法を伝授した。それもまた台湾では見たことのない店だった。

季節が冬に差し掛かる頃、自分のパス度がかなり上がったことをさえは実感した。ホルモンを服用し始めて一年くらい経ち、さえは手にも足にも柔らかい皮下脂肪がつき、胸も微かに膨らみ、顔の輪郭も前より柔和になった。きちんとメイクをしていれば、ほとんど女性として認識されるようになった。声はまだ低めで、声質も女性のような潤いを欠いているから難儀しているが、気をつけていれば女声の下の方の声域も一応出せるようにはなった。声が変だと言われれば、風邪を引いたとか喉の調子が悪いとか言えば、大抵の場合は誤魔化せる。女子トイレや女性専用車両に入っても文句を言われないし、コンビニで買い物すると女性の客層ボタンを押されるようになった。夜の新宿を歩いている時に男に声をかけられたこともあった。性別記載のある身分証明書を提示しなければならない場面を注意深く避ければ、日常生活はほとんど女性として過ごせるようになった。

さえは自分の進歩を喜んだ。目指している向こう側にようやく更に一歩進むことができた今の自分を若虹に見せたかった。今の自分を見ると、綺麗な若虹だって刮目《かつもく》するに違いない。喜んでくれるに違いない。しかしそれはもう叶わないことだった。自分の姿を若虹に見せることも、若虹から更なるスキルを盗むことも、水に続く次の災いに共に立ち向かうことも、未来永劫できなくなってしまった。

若虹の後を追いたいとはもう思わない。女として生きていけそうであることが、さえに大きな希望をもたらした。若虹がついには経験することができなかった五つの災いを、自分が代わりに生き抜いていかなければならないとさえは思った。

誰一人自分の過去を知らない異国で、さえは女性としての生活を満喫した。友達作りと日本語の練習のため、セクシュアル・マイノリティ向けの交流会に何回か参加し、そこでできた友達と二丁目に遊びに行ったりもした。二十一歳の誕生日の前日、コミュニティセンター〈キャビン〉主催のイベントに参加した時、まだ中学三年生のレズビアンの子と知り合った。二丁目に興味があるというので、年齢制限なく誰でも入れる〈ライフカフェ〉に連れていってあげた。二人は六色のスポンジのレインボーケーキを二個注文し、ささやかな誕生日祝いを行った。

半年の留学生活が過ぎ、台湾に帰ってからも、さえは日本が忘れられなかった。特に二丁目の風景は思い出す度に懐かしくなった。帰国後、日本にいた頃はある程度治まっていた怒りがまたもや静かに燃え出した。若虹を殺した上で、その死を嘲笑ったこの島国を、この都市を、さえはなかなか許せないことに気付いた。雨ばかりの台北の悪天候もまたさえをイラつかせた。とはいえ怒りはもう前のように熾烈に燃え盛ることはなかった。相変わらず社会運動には参加したが、前線で戦うより情報技術の専門性を活かして運動の助力になった。

パス度が高くなり、日常生活をほとんど女性で通せるようになったさえは自分の戸籍上の性別を誰かにカミングアウトすることをしなくなった。昔のさえにとって、「自分は実は女だ」という宣言がカミングアウトだったが、いつしか「自分は昔、男だった」という宣言こそがカミングアウトになった。しかし二つのカミングアウトの意味合いは全く異なる。昔は生存空間を切り拓くためにカミングアウトしていたが、女性として生活している今、カミングアウトは却って生存空間を狭めることになりかねないし、置き去りにしたい過去を敢えて取り上げる必要も感じない。

大学を卒業した夏、さえは一人でタイに渡り、火の災いを受けた。手術費は母が父に黙って半分出してくれて、残りの半分は貯金と借金で賄った。有無を言わせず下りてきた麻酔の重い暗闇から蘇った時は、第二の生を受けた気分だった。台湾に帰った翌日、さえは矢も盾も堪らず、まだ手術から回復していないにもかかわらず、早速大学病院に行って手術を受けたという診断書を発行してもらった。その足で区役所に出向き、性別変更の手続きを行った。それで兵役を免れた。名前も「陳承志」から「蔡暁虹」に変えた。父の志を承《う》ける代わりに、若虹をしっかりと覚えているために。姓も父のものから母のものに変更したのは母に対する感謝の気持ちの表れだけでなく、男だった自分と訣別し、女として生きていく決意の表れでもあった。

身体の回復は思ったより時間がかかり、数か月経っても患部に痛みを感じる。ようやく手に入れた膣が萎縮しないように、ダイレーションと呼ばれる膣拡張のリハビリを毎日、朝夕二回行わなければならない。棒状の専用器具に医療用の水溶性潤滑ゼリーを塗り、それを膣に押し入れて一時間固定させる。まだ手術の傷が完全に塞がっておらず、ダイレーションの最中は度々出血した。細菌に感染して尿路感染症になったことも何度かあった。膣に何かを入れることが性行為だとしたら、これほど無様な性行為はないとさえは心の中で自嘲した。女になった瞬間から処女を失ったのではないか、と。

何か月かの間、さえは長く出歩ける体調ではなく、ましてや会社勤めや社会運動などできるはずがなかった。フリーランスとしてプログラミングの仕事をして生活費を稼ぎながら、さえは療養に専念した。その年の十一月末、同性婚反対派による大型デモがあった日、さえは高熱を出して一日中ベッドに寝込んだまま、もどかしさを噛み締めながらフェイスブックのニュースフィードに上がった情報をぼんやり眺めることしかできなかった。

療養期間中にも、新宿二丁目の夜の光景が何度かさえの脳裏に浮かんだ。夏子のポラリスと、行きつけのトランスジェンダー系の店が恋しくなった時もあった。台北という都市は結局のところ好きにはなれず、実家のある高雄にも帰れない。女性の身分証は手に入れたものの、性別を変えたという事実は戸籍情報にしっかり残っている。身体が回復したら、いっそのこと東京で就職してみよう、そんな思いが浮かんだのはベッドに横たわり、ダイレーションをしている最中だった。

さえはそれまで以上に日本語の勉強に力を入れた。時間があれば東京の生活情報や企業情報を調べた。身体が概ね完治し、本格的に求職活動を始めたのは年の瀬が差し迫る頃だった。何社か書類選考やプログラミング試験、スカイプ面接を受け、一月の中頃には外資系ＩＴ企業の東京支社から内定をもらい、さえも嬉々として承諾した。

性別変更に伴うパスポートの更新手続きや、ビザ申請の手続きが一通り終わったが、出発を目前に控えた時にひまわり学生運動が起こった。さえも社会運動の仲間と一緒に議場に入り、三月中旬の航空券を延期せざるを得なくなった。運動の行方がまだ不透明で気がかりだが、四月一日の入社式には出席しなければならないため、出発を三月末にした。

顔怡君《イエンイージュン》にトランスジェンダーをカミングアウトしたのは、とても勇気が要ることだった。自分の過去を他人に向かって言語化するためには、振り返りたくもない記憶を掘り起こし、それと向き合わなければならなかった。さえは知りたかった。性別移行の長い旅を始めてから何年も経ち、五つの災いを生き抜いて法的に女性になった今、記憶がまだ疼くのかどうかということを。同時にさえは願いたかった。好意を抱いてくれているらしい怡君という女の子が、自分の過去を含めて受け入れてくれるということを。告白する時間を出発前夜にしたのは、ひとえにさえが臆病だったからだ。拒絶されてもすぐに逃げられるよう、狭い議場内で気まずく生活を共にしなくても済むよう、退路を残しておきたかったからだ。法的に女性になり、望む生活がやっと手に入りそうになったことで、失うことができてしまい、それがさえを臆病にさせた。結局のところ、さえはまだまだ傷付きやすい二十三歳だったのだ。

怡君の混乱を、さえは敏感に察知した。東京へ向かう飛行機の中で、必死に驚愕を堪《こら》えているような怡君の表情が、何度もさえの脳裏にちらついた。この先もカミングアウトする度にあんな表情を見せつけられなければならないのかと考えると、気が重くなった。

ポラリスの青緑の引き戸に手をかけたまま、さえは暫く躊躇した。酒盛りの雑談の声が店内から漏れ聞こえてきて、夜の後半の賑わいを示していた。耳を欹てると、束となった女達の話し声に混じって夏子の声も聞こえてくる。その声を聞いていると、夏子の口元に浮かぶ柔和な微笑みまで見えてきそうだった。程なくしてさえは入店を諦め、ポラリスのあるLの小道から離れた。

来日して四年半、さえはこれといった問題もなく女性として生活している。風通しのいい外資系企業では仕事が評価され、毎年昇給対象となり、四年目にして主任に昇進し、部下を従えるようになった。職場でもプライベートでも女友達が多く、よく女子会や女子旅を開催してわいわい楽しんだ。手術の時に借りた借金の返済はとっくに済み、定期的に実家にも送金している。父とは相変わらず口も利かないが、母と電話で話しても父は文句を言わなくなった。かつて入場を断られた〈リリス〉のクラブイベントも気が向けば自由に出入りできるようになった。幸い、手術には大きな後遺症が残らなかった。定期的に女性ホルモンを摂取する必要はあるが、今のところ深刻な副作用が現れることもなかった。

だからこそポラリスに入るのが怖かった。夏子を含め、自分の過去を知っている人と会うのが怖かったのだ。自分の過去を知っている人が周りに一人でもいれば、噂は水に滴り落ちた墨汁のように拡散を止められない。そんなのは自意識過剰であることをさえもよく分かっている。夏子とはもう数年も会っていないし、彼女はバーの店主として毎晩毎晩違う客と会っているから、自分のことなど記憶にも残っていない可能性の方がずっと大きい。自分のことを覚えていても、夏子はそれを言いふらすような人とも思えない。それでも、自分が災厄を耐え忍んで築き上げた今の生活が壊れ去ってしまうのは、さえにとって何よりもの恐怖だった。

さえは日常的に嘘を吐かなければならなくなった。女友達から生理が辛いよねと共感を求められた時に、嘘を吐く。性にまつわる初体験が話題になった時に、嘘を吐く。少女時代の思い出について語り合う時に、嘘を吐く。「出生時の性別は？」と訊いてくるＬＧＢＴ系イベントのアンケートに答える時に、嘘を吐く。いつしかさえは、虚構の上に成り立っている人生を送るようになった。今の生活を守るためには、嘘に嘘を重ねなければならない。昔はなりたい自分になるために、カミングアウトしていた。

今はありたい自分でいるために、嘘を吐いている。嘘を吐かなければ、自分自身について何も語れなくなる。自分自身について何も語らない人は、他人からも世間からも信頼されなくなる。

これが木の災いだ。生を終えるまでずっと続く、終身の刑。性別移行を経験したからといって引け目を感じる必要はないとさえも理性では分かっている。日本にはトランスジェンダーをカミングアウトした議員や芸能人、作家や漫画家がいることもさえは知っている。しかし心が追いつかない。インターネットで、自称フェミニストの人達がトランスジェンダーに対して無理解な言葉を撒き散らすのを目にする度、移行期についた古傷がまた疼き出し、恐怖で身体が震えた。カミングアウトしない限り自分も普通の女性として見られていて、それがさえにはとても心地よいことだが、過去を打ち明けた途端に普通の女性達と線引きされるのではないかと怖かった。

恋愛をするのも怖い。女性同士の恋愛はもとより生殖を目的としないから、子供が産めないことでさえが負い目を感じる必要はないが、純女ではないことが知られたら拒絶されたり、捨てられたりするのではないかという恐怖が未だ付き纏っている。だから二丁目はさえにとって居場所であると同時に、この街を支配する同性同士の恋愛至上主義の空気に、ある種の疎外感を覚えずにはいられない。

仲通りを渡り、〈リリス〉の会場に戻った時、さえはすっかり酔いが醒めていた。深夜の寒気が身体の芯まで沁み込み、思わず肩が震え、縮み上がった。始発まであと二時間。それまではもう一度酩酊《めいてい》に浸りたいとさえは願いながら、クラブミュージックと、移ろう光、そして女の子達の歓声が充満する〈ラウンジ・トワイライト〉に入っていった。

夜明け

仄暗い微睡みの中、夏子の声が遠くから木霊しながら微かに聞こえてきて、東峰《ひがしみね》暁《あきら》はハッと目を覚ました。

「もう店閉めちゃうよ、そろそろ起きなさい」

カウンターから顔を上げ、時計を確認すると朝の五時過ぎだった。電車はもう走っている。客達が帰った後の店内は空っぽで、夏子と暁しかいない。夏子がスイッチを押すとブラックライトは消え、代わりに普通の電球の黄ばんだ光が店内を照らした。客席に残っている微かな人間の体臭と体熱は、外気によって徐々に洗い流されていく。入口の引き戸が半分開いていて、外はまだ暗く、濃密な冬の夜の名残りが広がっている。

「ごめんなさい、いつの間にか寝ちゃってて」

カウンター内でグラスを洗っている夏子に、暁は慌てて謝り、席を立ち上がった。

「もっと早く起こしてくれてもいいのに」

「結構疲れているようだったから、ちょっと寝かせといた」

氷の入った水を暁に差し出しながら、夏子は笑いを含んだ声音で言った。「いつも早めに来て手伝ってくれているから、気にしないで」

「閉店、手伝います」冷たい水を飲み込んで、瞼の裏に粘り付いている眠気を追っ払いながら、なるべく元気のいい声で暁は言った。

「ありがとう。心強い」夏子は柔らかい微笑みを浮かべながら頷いた。「じゃ、掃除をお願いできないかしら？」

夏子は笑うと並びの良い前歯が覗き、ほうれい線が柔らかく浮かび上がる。そんな笑顔を見ていると、何となく気持ちが落ち着く。自分の二倍以上も年齢を重ねているのにこれほど親しみやすい大人がいることを、暁は時々不思議に思う。

大学に入ってから〈ポラリス〉に通い始めたが、それは暁の二丁目デビューではなかった。中学二年生の時にクラスメイトの女子が好きになったことが、暁の性の目覚めだった。世の中のありきたりの悲しい片思いと同じように、その女子は男性アイドルグループにばかり心酔し、同性に興味があるように見えなかったから暁は早々に諦めたが、目覚めたセクシュアリティはその後も暁を悩ませ続けた。ネットを通して新宿二丁目のことを知ったが、中学生の暁にはまだ早かった。年齢に関係なく、女性が好きな女性であれば誰でも参加できる〈キャビン〉のイベントに辿り着いたのは、中学卒業の二か月前だった。

〈キャビン〉で知り合った女子大生は優しく、二丁目に興味があると言うと〈ライフカフェ〉に連れていってくれた。その女子大生の纏っていた特別な雰囲気に、暁はすぐに惹かれた。彼女はそれまで会った大人の女性達とは全く違うタイプだった。長い黒髪にユニクロの白いセーター、そしてネイビーブルーのフレアスカートというおおらかで無難なコーディネート。フェミニンな格好をしているが女らしさを誇示するような嫌味を感じない、かといって中性的という言葉の持つ印象ともだいぶ違う。美人とは言えないが平凡な顔立ちとも言えず、人の目を引く何かがあった。立ち昇る陽炎のように、不安定に揺らめくものに特有な儚さと魅力があった。高めの身長と、どこか落ち着かないような掠れ気味の声もまた印象に残った。

さえと名乗ったその女子大生のおかげで、暁は二丁目に足を踏み入れることができた。その日はちょうどさえの二十一歳の誕生日の前夜なので、彼女の反対を押し切って、暁はお小遣いで二丁目名物らしいレインボーケーキを奢ってあげた。蠟燭はなかったが、二人は小さな声量でバースデーソングを歌い、ささやかなお祝いをした。

「ほんと、ありがとう」さえはやや訛った日本語で言った。「子供の時も、誕生日は両親と一緒にケーキ食べながら祝ったな」

「ご両親とは仲が良いんですね」暁は勇気を出して訊いてみた。「ご両親にはカミングアウトしているんですか？」

さえの表情が沈んだのを見ると、暁は自分の無思慮な質問を後悔した。

「ごめんなさい、余計なことを訊いちゃって」暁は慌てて謝った。「今のは忘れてください」

「いいえ、大丈夫です」さえは首を小さく振りながら言って、また明るい笑顔に戻ったが、その笑顔は幾分か無理に作り出したものだということが暁にも見て取れた。

「カミングアウトはしましたよ」

「もし言いづらかったら答えなくてもいいんですが」暁は慎重に言葉を選びながら訊いた。「ただ、私もいつどうやって両親に言えばいいか悩んでいるので、アドバイスが欲しくて……」

さえは押し黙り、何か考え込む素振りを見せた。ややあって、やはり力無さそうに小さく首を振った。

「ごめんね、私は良いアドバイスができないと思う。私は今、なんというか……」言葉を探しているように暫く間を空けてから、さえは弱々しく笑いながら言った。「まだサイナンの途中、というのかな」

サイナンという言葉が具体的に何を指しているか暁には分からなかったが、その四音が帯びる禍々しい語感が二人の間で沈黙を生み出し、話題はそこで終わった。その後さえはすぐ帰国してしまい、二人はそれきり会うことがなかったが、店員に頼んで撮ってもらったツーショットは今でも暁の携帯に収められている。

後になって暁は大学でジェンダー論の授業を取って関連知識を身につけ、写真を見返した時にようやくさえがトランスジェンダーかもしれないということに気付いた。暁は少し衝撃を覚えた。それまで暁は自分が女性を愛する女性、つまりレズビアンだと思っていたが、かつて自分が魅力を感じた女性が、ほんとはトランスジェンダーかもしれないのだ。

暁は理性では分かっていた。トランス女性も女性であり、さえに魅力を感じたことが自分のレズビアンとしてのアイデンティティに何ら影響を与えるものではないと。しかしその気付きがきっかけとなって、暁は考え始めた。自分は本当に女のみを恋愛対象としているのか、そもそも女とは何なのか。解のない問いだと知りながら、暁は考えずにはいられなかった。

「最近思うんですが、私はほんとはパンセクかもしれないんです」

ポラリスに通い出したある日、暁は夏子にそう打ち明けた。

「パンセク？」夏子は柔和な微笑みを浮かべたまま、片眉を上げた。

「パンセクシュアル、全性愛、男女に限らずどんな性別やセクシュアリティの人でも恋愛対象になり得るということです」と暁は説明した。「だって、性別って男女だけじゃないでしょ？」

「最近、色んな言葉があるね。私ってほんとに不勉強でついていけなくなりそう」暁が奢った日本酒を一口啜り、夏子は言った。「でも、ほんとに何でも名前をつけなくちゃならないのかな、って私最近、思い始めた」

「名前があった方が安心じゃないですか？　自分のことも知ってもらいやすいし」

「二丁目でバーを十何年もやっているとね、来た客が一人一人違うってのを段々分かってきたの。名前がいくつあっても足りないくらいみんな違うから、そんな簡単に説明されてしまうのって、いいのかなって」

その時暁はまだ十八歳で未成年だったが、二丁目に飲みに行っても大抵の店は目を瞑ってくれた。二丁目で知り合った女の子と恋に落ち、浮かれながら手を繋いで深夜の仲通りを闊歩した時、通りすがりの人々の視線、そして群集する煌びやかなネオンライトが全て祝福してくれているような気分だった。数か月後にその女の子に振られて心が粉々に砕け、酔った勢いで道端にへたり込んで大泣きした夜、雑踏と喧騒が耳に入ってくると街全体が自分を嘲っているような錯覚に陥った。激しく消耗するような恋愛を何度か経験するうちに、恋がもたらすうっとりするような幸福感にも、破局が押し付ける天地が逆さまになるような絶望感にも耐性ができた。二丁目という街で、暁は時間をかけて大人になっていった。

二十歳になった日に、暁はポラリスでアルバイトしたいと申し出た。ちょうど夏子も一人で切り盛りする限界を感じ始めた頃で、話はすんなりまとまった。明朗会計の狭いレズビアンバーの儲けはたかが知れていて高い時給は出せず、営業前の準備も閉店後の片づけもボランティアになるが、それでも二丁目で働けることが暁の心を躍らせた。

店側に立って初めて見えてくる風景もあった。新宿二丁目振興会への加盟、町会への参加、太宗寺《たいそうじ》盆踊り大会への協賛、東京レインボー祭りへの出店、店同士の付き合い。客として来ていた頃はその存在すら気にも留めなかった、地元の商店主や地域住民ともごくまれに交流する機会があった。彼らの多くは二丁目がゲイタウンになる遥か前からこの場所に住みついた家系で、平成八年生まれの暁には想像もつかない戦後間もない頃の街並みを知っていた。彼らの話を聞いていると暁は、自分を受け入れてくれたこの地について自分がどれほど無知か思い知らされた。

この地の現在に繋がった過去をもっと知りたいと願い、暁は新宿二丁目の歴史を卒業論文のテーマにした。自分の参加できなかった歴史を知るために、四年生になってから暁は何度も新宿歴史博物館を訪れ、文献や資料を集め、地域住民や老舗バーの経営者に取材した。それは暁にとって発見の連続だった。

○・一平方キロメートルという決して広くない新宿二丁目は、今でこそ四百軒を超えるLGBT関連の店が密集するアジア最大のゲイタウンとなっているが、かつては男が女を買う売春地帯であり、その買売春の系譜は数百年前に遡る。十七世紀末、新宿の前身である内藤新宿《ないとうしんじゅく》は甲州街道の宿場として新設され、宿泊施設である旅籠屋《はたごや》が立ち並んだ。旅籠屋では飯盛女《めしもりおんな》と呼ばれる女性従業員がいて、旅人の食事の世話をする給仕係をしていたが、実際には秘密裏に売春行為も行っていた。

内藤新宿は一度は廃止されたが、数十年後にまた復活し、水面下の買売春も続いていた。明治維新後に貸座敷《かしざしき》制度という公娼制度ができ、内藤新宿は公認の売春地帯となった。

新宿御苑が整備され、外国の賓客を招待する場所となった二十世紀初頭、御苑に近い甲州街道に集まっていた妓楼《ぎろう》の存在が問題視されるようになった。政府の命令により、元々牧場だった新宿二丁目に娼家が移り、一九二二年に「新宿遊廓」として営業を開始した。翌年の関東大震災で新宿遊廓は被害を免れ、新吉原などに代わって大繁盛した。

ところが太平洋戦争が始まり、終戦直前の「東京山の手大空襲」で新宿遊廓はほとんど焼け落ちた。戦後、GHQは日本政府に廃娼を要請したが、様々なしがらみによって、新宿遊廓は「赤線」として受け継がれ、売春地帯として温存された。赤線内では業者が「特殊飲食店」を経営し、そこで男性客と女給が「自由恋愛」をするという建前で買売春が行われ、警察も目を瞑っていた。黙認売春地帯である赤線区域の周りには「青線」と呼ばれる、黙認されない売春地帯があったが、赤線も青線も一九五八年「売春防止法」の完全施行により、営業停止に追い込まれた。

「売春防止法」完全施行後、元赤線・青線区域だった新宿二丁目は空洞化し、地価・家賃が下落した。それに乗じて、御苑大通りを挟んだ向こう側の〈要町〉や、新宿御苑前の〈千鳥街〉にあったゲイバーが入り込んできた。ヒッピーなどのカウンターカルチャーの流行もゲイバーの進出を加速させ、六〇年代を通じて新宿二丁目はゲイタウンとして確立していった。

深夜、〈ポラリス〉の外に立ち、周りの賑わいを見回すと、時おり暁は不思議な感覚にとらわれた。ポラリスが位置するこの〈Lの小道〉は、百年前にはまだ何もない、牧場の跡地だった。八十年前、ここは「新宿遊廓」の東限のすぐ傍で、仲通りを渡ればそこは遊女の嬌声の溢れる遊廓だった。七十年前にここは空襲された後の焼け野原で、それが六十五年前には〈墓場横町〉と呼ばれる青線区域になっていた。〈墓場横町〉の跡地に、レズビアン系の店が群集する〈Lの小道〉が成り立っているのだ。Lの小道の角を曲がり、表の道へ出ると左側に人間の身長くらいの石塀が建っている。その石塀の向こうに広がっているのが成覚寺《じょうかくじ》の墓地で、この場所が〈墓場横町〉と呼ばれた所以がそれだった。

四百年以上の歴史を持つ成覚寺は内藤新宿時代には飯盛女の投げ込み寺で、身寄りのない女郎が数千人、投げ込まれるようにこの地に葬られたという。夏子が時々、石塀越しに墓地の卒塔婆の群れに向かって合掌していることを、暁は知っている。墓碑銘も名前もないあの女達こそが、新宿という街を繁盛させた功労者であることを思うと、彼女達の失われた命が、今ここにいる自分に繋がっているような気がした。

数百年にも及ぶ新宿の買売春の系譜、かつてこの地に充満していた女の嬌声は、ゲイタウン化した後にすっかり影を潜めた。代わりに、表の世界では満たされない欲望を抱く男達が、人目を気にし、びくびくしながら訪れてきた。女性のための店が初めてできるのは、八〇年代後半まで待たなければならなかった。九〇年代前半の二丁目を知っている夏子から話を聞いたことがある。当時では一部女性に友好的なゲイバーもあったが、街全体としては女が現れると珍しがられ、冷やかしの対象にもなっていたという。今は勿論そんなことはない。

そんな時代ではなく今の時代を生きられるのは幸運なことかもしれないと暁は時々考える。女として生まれただけで誰かの所有物とされ続け、歴史の影として生きることを強いられるような時代ではなく、独立した一個の人間として、自由に生活し、セクシュアリティを模索し、恋愛をすることが許される時代。まだまだ差別的な言葉を浴びせられ、婚姻の平等も実現できていないが、沈黙に沈んだ長い暗夜が過ぎ、ようやく夜が明けようとしている。そんな相対的に自由な今を築き上げたのは間違いなく無数の先人達だった。そう考えると、暁もまた次の時代を作っていかなければならないという使命感に駆られた。やっと両親にカミングアウトする勇気が持てたのも先人が築いた歴史を知ったからだった。父とは暫くの間、冷戦状態になったが、幸いなことに母は自分なりに本を読み漁り、理解してくれようとした。

ポラリスで働き、論文を書く傍らに、暁はブログとYouTubeチャンネルを開設し、インターネットでセクシュアル・マイノリティであることをカミングアウトし、積極的に情報発信を行った。パレードやデモにも参加し、頼まれれば小中学校にも出向いて講演を行い、当事者の声を届けた。自民党所属の国会議員が新潮社の右派月刊誌に寄稿した記事で「ＬＧＢＴの人達は子供を作らない、つまり生産性がないから、彼等に税金を使うべきではない」と暴論を繰り広げ、その議員の辞職を求めるデモが自民党本部前で行われた時に、暁も参加した。「差別をするな」「人権を無視する議員は辞めろ」などのシュプレヒコールが響き渡る中で、暁は大きなレインボーフラッグを掲げて演説を行った。その演説の姿が報道された後、多くの当事者からとても励まされたというメッセージが寄せられた一方、ブログやYouTubeチャンネルやTwitterには、ネトウヨによるヘイトスピーチの嵐も殺到した。一時は気が滅入ってすっかり弱ってしまったが、その時の挫折から立ち直れたのは、夏子と両親の応援のおかげだった。

「私も昔、かなり激しいことをしてたよ」ある日の閉店後、夏子は思い出し笑いしながらそう言った。「全てが嫌になって、何もかも放り出して、海外に逃げ出したこともあった。でも結局この場所に戻ってくる」

「海外に移住することを考えませんでしたか？」暁は訊いた。シドニーのマルディ・

グラを一度見てみたいなと思いながら。

「そこまで身軽にはなれなかったな」

「何が重かったんですか？」

「両親とか、友人とか」少し間が空いて、夏子が言葉を続けた。「あとは記憶かな」

「記憶？」

「記憶は負担でもあり、心の支えでもあるの」

記憶を紡ぎ続ける限り、人は生きていける。時間が流れ続ける限り、夜はいつか明けるというのと同じように。そして人間が紡いだ記憶と、生きた時間は、いずれ歴史になり、次の時代の下支えになる。自分が子供なんて作らなくても、自分の遺伝子なんて後世に残さなくても、自分が刻んだ命の軌跡は人間の営みと共に、連綿と受け継がれていく。歴史を知るのは郷愁に浸るためではなく、自分のよって立つところを確認するためである。それが確認できれば、今ここにいる自分の存在にも意味が見出せるように、暁には思われた。

「あと二週間で、今年が終わりますね」

トイレの清掃を終えて店内に戻り、暁はカウンター内で帳簿を点検している夏子に話しかけた。半開きのドアの外から、微かな明かりが店内に射し込んだ。

「来年も宜しくね」夏子は帳簿から顔を上げ、笑いを含んだ声音で言った。

「平成最後の冬が終わるんですよ、なんか感慨深くないんですか？」

「暁ちゃんまで、元号を気にしてるの？」夏子は言った。柔らかいほうれい線が浮かび上がった。「元号が変わっても、変わるものは変わるし、変わらないものは変わらないよ」暫く間が空いてから、夏子は続けた。「でも暁ちゃんって、来年卒業だよね？それは感慨深くなるね。就職はするの？」

夏子の素っ気ない反応に、暁は少しがっかりした。しかしよく考えれば、平成が終わることを寂しく思うのは自分が平成生まれで、元号が変わるのは初めての経験だからなのかもしれない。昭和生まれの夏子にとって、元号の変遷はそれ以上の意味でもそれ以下の意味でもないのかもしれない。それでも、次の時代はもっと良い時代、誰もが日向で堂々と生きられる時代であってほしい。そんな根拠のない期待を抱いているのは、あるいは自分がまだ若いからなのかもしれない。若くて青臭いからなのかもしれない。

「いいえ、院に進学します」暁は言った。もうすぐ卒論の提出日で、大学院入試はその直後に控えている。「院に入ってからも、ここで働かせてください」

「心強いね」

夏子はそう言って、再び帳簿の点検を始めた。暁はまとめておいたゴミを持って、店を出てゴミ収集場へ向かった。

日はまだ昇っていないが、雑居ビルの上方の空は既に仄かに白け始めていた。橙色と黄金色が混じり合ったその薄明は、高さが増すにつれ深くなっていき、棚引く薄い雲の層の上で深海のような瑠璃色になる。太陽も月もない冬の早朝は骨髄に沁みるほど寒く、コートを着ていない暁はゴミを捨てるといそいそと店へ戻った。店に入る前に、暁は未練がましくもう一度、空を仰ぎ見た。

冬の長い夜は、ゆっくりと、しかし着実に明けていった。

あとがき

平成最後の師走、会社を辞めた直後の土曜日。やっとフリーの作家になったことで身体も心も軽くなった気分で、独立記念として新宿の街を徹夜して遊ぶことにした。歌舞伎町にある〈リヴァイアサン〉というSMコンセプトのハプニングバーで小さなショーを観終えた後、ちょうど終電が過ぎた頃だった。その足で靖国通りに沿って二丁目へ向かい、行きつけの〈ポラリス〉に入った。

終電が過ぎて間もないからか、群青の光に浸っている〈ポラリス〉には店主の夏子さんと店員の暁さん以外誰もいなかった。「いらっしゃいませ」と夏子さんはいつも通り元気に挨拶してくれた。水色のコートを脱いで壁際にかけると、自分にマリブコークを、夏子さんにマリブサーフを頼んだ。

「どうぞ」

そう言いながら、夏子さんはお通しとお酒を出してくれた。「なんか、久しぶりだね」

「ちょっと空けてしまいました」私は言った。「会社が忙しかったからね。でももう辞めました」

私達はグラスを合わせて乾杯し、あれこれ雑談をした。今日は土曜なのに、あまり客がいませんね、と私が水を向けると、みんな終電前に帰っちゃったのよ、と夏子さんが答えた。それから夏子さんが夜の前半に来た客のことを話して聞かせてくれた。常連客に連れてこられた一見さん、台湾人の観光客、中国人の留学生。最近海外の人もよく二丁目に遊びに来てくれてるのよ、と夏子さんが言ったが、この私もまた「海外の人」である。日本に来たのは五年前だが、夏子さんにとってそれも「最近」なのかもしれない。

夏子さんの話を聞いていると、二丁目とポラリスを訪れた人達の小説を書いてみたいなと思った。そのことを夏子さんに言うと、ぜひ読んでみたいと言うので、その日は始発で家に帰ると、早速プロットを練り始めた。

日本には五、六年しか住んでおらず、新宿二丁目の過去にも参加することができなかった私にとって、この小説はもちろん書きやすいものではない。特に九〇年代前半、バブル崩壊直後の二丁目の雰囲気は、想像力だけではなかなか書けないものだった。この小説を書くために、夏子さんを含めて過去の二丁目を知っている何人かの先達に取材したり、二丁目の歴史に関する書籍や資料を読んだりする必要があった。新宿歴史博物館を訪れて情報を収集し、太宗寺や成覚寺の境内にも足を運んだ。二〇一四年に閉店した〈KIDSWOMYN〉があった〈第一天香ビル〉にも何回か訪れ、当時の雰囲気を想像した。

あなたが今手に取っているこの小説が、その取材や情報収集の成果です。この小説には、それらのプロセスで知り得た史実の一部が反映されているが、しかし、これはあくまで虚構の小説であり、歴史書の代わりにはならないし、私もまたただの小説家であり、歴史書を書く使命が与えられていません。ありきたりな注意書きを付け加えるならば、「この小説はフィクションです。登場する人物・団体・名称等は架空であり、実在のものとは関係ありません」。そしてこのあとがきもまた小説の一部です。

もしこの小説がきっかけとなり、二丁目あるいは新宿という街についてもっと知りたいと願う読者の方がいらっしゃれば、巻末の参考資料リストの書籍を読んでみてもいいし、新宿歴史博物館を訪ねてみてもいいかもしれません。もしこの街に通っているセクシュアル・マイノリティの人々について、やはりもっと知りたいと願う読者の方がいらっしゃれば、実際に二丁目に足を運んでみてもいいし、今やたくさん刊行されているＬＧＢＴ入門書を手に取ってみてもいいかもしれません。ただどうか忘れないでおいてください——あらゆる歴史は現代史であり、あらゆる理解は誤解であるということを。

この小説を書くことで、私は小説を書く喜びと苦しみを存分味わいました。願わくは、この小説を読まれることで、あなたにも小説を読む喜びと苦しみが充分伝わりますように。

二〇一九年夏
始まってしまった新しい時代への期待を込めて

李　琴峰

〈参考資料〉

臺北市紀錄片從業人員職業工會『太陽・不遠 Sunflower Occupation』(ドキュメンタリー)
晏山農ほか『這不是太陽花學運──318運動全記録』(允晨文化)
出井康博『ルポニッポン絶望工場』(講談社+α新書)
土屋ゆき『東京レズビアンバーガイド』(同人誌)
伏見憲明『新宿二丁目』(新潮社)
三橋順子『新宿「性なる街」の歴史地理』(朝日新聞出版)
レズビアン&バイセクシュアルのための雑誌『アニース』(テラ出版、一九九六年創刊、二〇〇三年休刊)

解説

桜庭一樹

トンボの色鉛筆36色セットを大人買いした。子供のころ持っていた12色セットとちがい、色と色の間にグラデーションの豊かさがある。たとえば「みどり」と「ちゃいろ」の間に「ふかみどり」「ときわいろ」「まつばいろ」「あかちゃいろ」があり、「こげちゃいろ」や「ねずみいろ」を経てようやく「くろ」へと行き着く。

この色鉛筆を使うのが、めっぽう楽しい。

そういえば、虹も、単純に七色だと長年思いこんできたけれど、色と色の間にじつは無数のグラデーションが存在するのだと気づく。わたしたちひとりひとり、人間の数と同じぐらい無数の、それぞれ異なる色が。

と、そんなことを考えながら、色鉛筆で絵を描いてみたり、空を見上げてみたりしている。

『ポラリスが降り注ぐ夜』は、そういった人間のグラデーションの豊かさについて、例えようもない誠実さをもって描こうとする作品だ。舞台は東京の新宿二丁目。二〇一八年、平成最後の十二月の土曜の夜。カウンター七席の小さなレズビアンバー「ポラリス」を舞台に、総勢十三人の人間模様を綴る群像劇が語られる。

「日暮れ」に登場するのは、二丁目初心者の若い女性「ゆー」だ。出会い系掲示板で知り合った年上の「かりん（香凜）」と食事を共にし、二軒目としてポラリスを訪れる。

店内にはすでに六人の人物がいる。カウンター内には店主の「なつこ（夏子）」とアルバイトの「あきら（暁）」。座席には日本人の「りほ（利穂）」と中国人の「ゆき（蘇雪《スーシュエ》）」。それに台湾人女性の二人組。

ゆーはこれらの客の輪に入ることができず、帰り道でかりんから、すべてにおいて受け身の姿勢を注意され、置いていかれてしまう。ここで、ゆーとともに初心者として二丁目を訪れた気分だった読者の自分も、一緒に突き放されて一人きりになったように感じた。そして主体的に読むように姿勢を変えざるを得なくなった。……わたしは物語における構造のマニアでもあり、この巧みな始まり方に強く引き込まれた。

ここからは、ほぼ同じ夜、同じ店内での別の人物のお話が連奏されていく。後述するが、ここにも構造的な企みがある。

続く「太陽花《ひまわり》たちの旅」は、同じ夜の少し後の時間から始まる。日本人二人組（ゆー、かりん）が帰った後。中国人のゆき（蘇雪）が眠そうにカウンターに頭をおいているところだ。台湾人二人組の「怡君《イージュン》」と「文馨《ウェンシン》」が小声で話し続けている。……ポラリスはいわゆる〝二軒目に訪れる店〟なのかもしれない。一軒目の店で、二人はオーストラリアからきた「ユキナ（雪奈）」と出会い、会話を交わしていた。怡君はかつて台湾で参加したひまわり学生運動についてユキナに話しながら、そこで出会った「曉虹《シャオホン》（さえ）」を傷つけた過去を思いだす。

次の「蝶々や鳥になれるわけでも」では、同じ夜、時間を少し遡る。カウンターで寝ていた中国人のゆき（蘇雪）が、まだ起きている時間だ。ゆきと日本人のりほ（利穂）の間で様々な会話が進むうち、ふと気づくと、読者であるわたしもいつのまにか〝五人目の客〟としてカウンターの隅の席に座って一緒に話しているような心地になる。つまり、もう傍観者ではなく――自分もこの町にいるのだ、と。

「夏の白鳥」では、少し後の時間になり、客がみんな帰った後だ。店主の夏子がアルバイトのあきら（暁）に断って煙草を吸いに外に出て、ふと物思いにふける。大学生となって上京した二十五年前の平成初期、バブル崩壊前後の日本のこと。新宿二丁目のオナベバーでぼったくりに会い、年上の「ナラ」に助けられたこと。オーストラリアに移住してユキナ（雪奈）と出会ったこと。やがて帰国し、ナラの志を継ぐかのように、ポラリスを開店したこと……。

そこに、水色のコートを着た前髪がぱっつんで長髪の女性客が入ってくる。この人物はもしかすると作者ご本人かもしれない。読者の自分もカウンター席に座っているつもりでいたら、そこに作者もやってくる……。ここには悪戯心のある企みを感じた。

一方「深い縦穴」では、路上にゆーを置いて歩き去っていくかりん（香凜）側の思いが描かれる。かりんはゆーに苛立ちつつ、同棲している「楊欣《ようきん》」との喧嘩を思い出す。楊欣は映像ディレクターとして天安門事件について報道しようとしているが……。「五つの災い」では、暁虹（さえ）が、ひまわり学生運動を経て日本に留学し、ポラリスを訪れるようになった過去の日々が描かれる。

最後の「夜明け」では、明け方五時。アルバイトのあきら（暁）が居眠りから目を覚ましたところだ。暁は以前、暁虹（さえ）に連れてきてもらったことがきっかけでポラリスで働くようになったのだった。そしてここから、新宿二丁目の約百年の歴史が、めまいがするようなグルーヴ感で紹介される。個と集団、現在と過去、土地の歴史……読者は新宿二丁目の路上に立ち尽くして体の周りをぐるぐる回るあらゆるものを呆然と見るような気持ちで物語をようやく読み終える——。

——構造にはいつだってテーマが宿っている。個を描くこと、その個を内包する集団を描くことを同時に達成するため、著者はあえて群像劇という形を選択したのだとわたしは考える。この物語は、異なる色の一つ一つとグラデーションでできた虹を同時に提示することで力強く肯定する、という明確な意思を持っていると。

同じ夜の同じ店に集まった人物たちは、一人一人が異なっている。ゆーは、LGBTなどがもてはやされているけれど自分は活動家のように強く楽しくはなれないと思っているし、楊欣は自分を完全なレズビアンだと、恋人のかりんのことはバイセクシュアルだから信用できないと感じている。怡君は、心惹かれた暁虹がトランスジェンダーだと知り、アイデンティティを脅かされるような思いを抱える。Aセクシュアルのゆきは、恋愛の話題に溢れる周りから置いてきぼりにされるような息苦しさを感じており、友人のりほに相談する。りほはノンセクシュアルを自認しており、これらのカテゴライズについて、名前を得ると安心だ、それは先人の苦労の結果であり、一人じゃないという証拠だから、と語る。一方で店主の夏子は、長年客を見てきた経験から、我々は一人一人違うのだ、名前がいくつあっても足りないのに簡単に説明できないのでは、とカテゴライズに抵抗を感じている。このように、群像劇の中で多くの人物が様々な姿を万華鏡のように見せ続ける。

中でも、わたしが心打たれたのは、「夏の白鳥」で年上のナラが若き日の夏子を励ました言葉と……

「安心して。確かに大変なこともたくさんあるけど、楽しいこともたくさんあるものよ。世界を、そして自分自身を変える力がなくても、私達はずっとここにいるの。常に複数形で、いるのよ」(一五五ページ)

……そこから月日が経ち、ナラが去った後、夏子の思いが綴られる部分だ。

ナラがいなくなっても、ここには「私達」がいる。誰がいなくなっても、ここには誰かがいる。複数形は、つまり代替可能ということ。しかし、単数形としてのい、い、い、の生と歴史も、きちんと覚えられているべきではないか、と夏子は思った。(一

七四ページ）

この部分にことに強い印象を持ったのは、じつは、個人的に思いだすことがあったからでもある。

約六年前、わたしは体調を崩し、世界中の同じ状況の人のデータ――エビデンスを元にした標準治療を受けた。そのとき同時に、わたしの治療データもエビデンスの新たな一部となり、大いなるものへと吸収されていった。それは心強い連帯……のはずだったが、同時に、かつてない恐怖も確かに感じたのだ。ビッグデータに吸収され、まるで個としての自己が消滅していってしまうようで。つまり……複数形のわたしたちが互いに代替可能な存在であるなら、単数形としてのわたしは？　いまここにいて、力なく点滅しているこのわたし、かけがえのないこの存在は一体どうなるのかな……？

このように、個としての自分が透明化される恐怖は、誰の人生にもとつぜん訪れる可能性があるだろう。そんなときに、この本をもう一度開いてほしいとも、わたしは考える。大きな連帯の一部であることを肯定する声と、「あなたがここにいる、その生と歴史もきちんと覚えられているべきだ」と個に寄り添う声の両方が、作者の例えようもない真摯さによってここにあるから。

最後の「夜明け」で提示される、女たちが歴史の影として生きざるを得なかった時代はもう終わり、独立した人間として存在できる時代へと、いままさに夜が明けていくというイメージはとても力強い。わたしも、時に一人で怯えたり、時には誰かに支えられたり、誰かに寄り添いながら、ともかくいまは前に前に進んでいこうと思う。元からそう考えていたはずだが、この物語を読んだ後では、さらに明確な決意が胸に灯って消えなくなったように感じている。

（さくらば・かずき　作家）

沈黙博物館　小川洋子

「形見じゃ」老婆は言った。死の完結を阻止するために形見が盗まれる。死者が残した断片をめぐるやさしくスリリングな物語。（堀江敏幸）

星間商事株式会社社史編纂室　三浦しをん

二九歳「腐女子」川田幸代、社史編纂室所属。恋の行方も友情の行方も五里霧中。仲間と共に「同人誌」を武器に社の秘められた過去に挑む!?（金田淳子）

つむじ風食堂の夜　吉田篤弘

それは、笑いのこぼれる夜。――食堂は、十字路の角にぽつんとひとつ灯をともしていた。クラフト・エヴィング商會の物語作家による長篇小説。

通天閣　西加奈子

このしょーもない世の中に、救いようのない人生に、ちょっぴり暖かい灯を点す驚きと感動の物語。第24回織田作之助賞大賞受賞作。（津村記久子）

この話、続けてもいいですか。　西加奈子

ミッキーこと西加奈子の目を通すと世界はワクワク、ドキドキ輝く。いろんな人、出来事、体験がてんこ盛りの豪華エッセイ集！（中島たい子）

君は永遠にそいつらより若い　津村記久子

22歳処女。いや「女の童貞」と呼んでほしい――。日常の底に潜むうっすらとした悪意を独特の筆致で描く。第21回太宰治賞受賞作。（松浦理英子）

アレグリアとは仕事はできない　津村記久子

彼女はどうしようもない性悪だった。すぐ休み単純労働をバカにし男性社員に媚を売る。大型コピー機とミノベとの仁義なき戦い！（千野帽子）

まともな家の子供はいない　津村記久子

セキコには居場所がなかった。うちには父親がいる。うざい母親、テキトーな妹。まともな家なんてどこにもない！　中3女子、怒りの物語。（岩宮恵子）

こちらあみ子　今村夏子

あみ子の純粋な行動が周囲の人々を否応なく変えていく。第26回太宰治賞、第24回三島由紀夫賞受賞作。書き下ろし「チズさん」収録。（町田康／穂村弘）

さようなら、オレンジ　岩城けい

オーストラリアに流れ着いた難民サリマ。言葉も不自由な彼女が、新しい生活を切り拓いてゆく。第29回太宰治賞受賞・第150回芥川賞候補作。（小野正嗣）

冠・婚・葬・祭　中島京子

人生の節目に、起こったこと、出会ったひと、考えたこと。冠婚葬祭を切り口に、鮮やかな人生模様が描かれる。第143回直木賞作家の代表作。（瀧井朝世）

とりつくしま　東直子

死んだ人に「とりつくしま係」が言う。モノになってこの世に戻れますよ。妻は夫のカップに弟子は先生の扇子になった。連作短篇集。（大竹昭子）

虹色と幸運　柴崎友香

珠子、かおり、夏美。三〇代になった三人が、人に会い、おしゃべりし、いろいろ思う一年間。移りゆく季節の中で、日常の細部が輝く傑作。（江南亜美子）

星か獣になる季節　最果タヒ

推しの地下アイドルが殺人容疑で逮捕!? 僕は同級生のイケメン森下と真相を探るが――。歪んだピュアネスが傷だらけで疾走する新世代の青春小説！

ピスタチオ　梨木香歩

棚（たな）がアフリカを訪れたのは本当に偶然だったのか。不思議な出来事の連鎖から、水と生命の壮大な物語「ピスタチオ」が生まれる。（管啓次郎）

図書館の神様　瀬尾まいこ

赴任した高校で思いがけず文芸部顧問になってしまった清（きよ）。そこでの出会いが、その後の人生を変えてゆく。鮮やかな青春小説。（山本幸久）

マイマイ新子　髙樹のぶ子

昭和30年山口県国衙。きょうも新子は妹や友達と元気いっぱい。戦争の傷を負った大人、変わりゆく時代、その懐かしく切ない日々を描く。（片渕須直）

話虫干　小路幸也

夏目漱石「こころ」の内容が書き変えられた！　それは話虫の仕業。新人図書館員が話の世界に入り込み、「こころ」をもとの世界に戻そうとするが……。

包帯クラブ　天童荒太

傷ついた少年少女達は、戦わないかたちで自分達の大切なものを守ることにした。生きがたいと感じるすべての人に贈る長篇小説。大幅加筆して文庫化。

うれしい悲鳴をあげてくれ　いしわたり淳治

作詞家、音楽プロデューサーとして活躍する著者の小説＆エッセイ集。彼が「言葉」を紡ぐと誰もが楽しめる「物語」が生まれる。（鈴木おさむ）

命売ります　三島由紀夫

自殺に失敗し、「命売ります。お好きな目的にお使い下さい」という突飛な広告を出した男のもとに、現われたのは？　（種村季弘）

三島由紀夫レター教室　三島由紀夫

五人の登場人物が巻き起こす様々な出来事を手紙で綴る。恋の告白・借金の申し込み・見舞状等、一風変ったユニークな文例集。（群ようこ）

コーヒーと恋愛　獅子文六

恋愛は甘くてほろ苦い。とある男女が巻き起こす恋模様をコミカルに描く昭和の傑作が、現代の「東京」によみがえる。（曽我部恵一）

七時間半　獅子文六

東京―大阪間が七時間半かかっていた昭和30年代、特急「ちどり」を舞台に乗務員とお客たちのドタバタ劇を描く隠れた名作が遂に甦る。（千野帽子）

悦ちゃん　獅子文六

ちょっぴりおませな女の子、悦ちゃんがのんびり屋の父親の再婚話をめぐって東京中を奔走するユーモアと愛情に満ちた物語。初期の代表作。（窪美澄）

笛ふき天女　岩田幸子

旧藩主の息女に生まれ松方財閥に嫁ぎ、四十歳で作家獅子文六と再婚。夫、文六の想い出と天女のような純真さで爽やかに生きた女性の半生を語る。

青空娘　源氏鶏太

主人公の少女、有子が不遇な境遇から幾多の困難にぶつかりながらも健気にそれを乗り越え希望を手にする日本版シンデレラ・ストーリー。（山内マリコ）

最高殊勲夫人　源氏鶏太

野々宮杏子と三原三郎は家族から勝手な結婚話を迫られるも協力してそれを回避する。しかし徐々に惹かれ合うお互いの本当の気持ちは……。（千野帽子）

カレーライスの唄　阿川弘之

会社が倒産した！　どうしよう。美味しいカレーライスの店を始めよう。若い男女の恋と失業と起業の奮闘記。昭和娯楽小説の傑作。（平松洋子）

せどり男爵数奇譚　梶山季之

せどり＝掘り出し物の古書を安く買って高く転売することを業とすること。古書の世界に魅入られた人々を描く傑作ミステリー。（永江朗）

飛田ホテル　黒岩重吾

刑期を終えたやくざ者に起きた妻の失踪を追う表題作など、大阪のどん底で交わる男女の情と性。直木賞作家の傑作ミステリ短篇集。（難波利三）

あるフィルムの背景　結城昌治　日下三蔵編

普通の人間が起こす歪んだ事件、そこに至る絶望を描き、思いもよらない結末を鮮やかに提示する。昭和ミステリの名手、オリジナル短篇集。

赤い猫　仁木悦子　日下三蔵編

爽やかなユーモアと本格推理、そしてほろ苦さを少々。日本推理作家協会賞受賞の表題作ほか〈日本のクリスティー〉の魅力をたっぷり堪能できる傑作選。

兄のトランク　宮沢清六

兄・宮沢賢治の生と死をそのかたわらでみつめ、兄の死後も烈しい空襲や散佚から遺稿類を守りぬいてきた実弟が綴る、初のエッセイ集。

落穂拾い・犬の生活　小山清

明治の匂いの残る浅草に育ち、純粋無比の作品を遺して短い生涯を終えた小山清。いまなお新しい、清らかな祈りのような作品集。（三上延）

真鍋博のプラネタリウム　真鍋博　星新一

名コンビ真鍋博と星新一。二人の最初の作品『おーい でてこーい』他、星作品に描かれた挿絵と小説冒頭をまとめた幻の作品集。（真鍋真）

熊撃ち　吉村昭

人を襲う熊、熊をじっと狙う熊撃ち。大自然のなかで、実際に起きた七つの事件を題材に、孤独で忍耐強い熊撃ちの生きざまを描く。

川三部作
泥の河／螢川／道頓堀川　宮本輝

太宰賞「泥の河」、芥川賞「螢川」、そして「道頓堀川」と、川を背景に独自の抒情をこめて創出した、宮本文学の原点をなす三部作。

私小説 from left to right　水村美苗

12歳で渡米し滞在20年目を迎えた「美苗」。アメリカにも溶け込めず、今の日本にも違和感を覚え……。本邦初の横書きバイリンガル小説。

ラピスラズリ　山尾悠子

言葉の海が紡ぎだす、〈冬眠者〉と人形と、春の目覚めの物語。不世出の幻想小説家が20年の沈黙を破り発表した連作長篇。補筆改訂版。（千野帽子）

遠い朝の本たち　須賀敦子

一人の少女が成長する過程で出会い、愛しんだ文学作品の数々を、記憶に深く残る人びとの想い出とともに描くエッセイ。（末盛千枝子）

おいしいおはなし　高峰秀子編

向田邦子、幸田文、山田風太郎……著名人23人の美味な思い出。文学や芸術にも造詣が深かった往年の大女優・高峰秀子が厳選した珠玉のアンソロジー。

るきさん　高野文子

のんびりしていてマイペース、だけどどっかヘンテコな、るきさんの日常生活って？　独特な色使いが光るオールカラー。ポケットに一冊どうぞ。

それなりに生きている　群ようこ

日当たりの良い場所を目指して仲間を蹴落とすカメ、迷子札をつけているネコ、自己管理している犬。文庫化に際し、二篇を追加して贈る動物エッセイ。

うつくしく、やさしく、おろかなり　杉浦日向子

生きることを楽しもうとしていた江戸人たち。彼らの紡ぎ出した文化にとことん惚れ込んだ著者がその思いの丈を綴った最後のラブレター。（松田哲夫）

ねにもつタイプ　岸本佐知子

何となく気になることにこだわる、ねにもつ。思索、奇想、妄想はばたく脳内ワールドをリズミカルな名短文でつづる。第23回講談社エッセイ賞受賞。

回転ドアは、順番に　穂村弘　東直子

ある春の日に出会い、そして別れるまで。気鋭の歌人ふたりが、見つめ合い呼吸をはかりつつ投げ合う、スリリングな恋愛問答歌。（金原瑞人）

絶叫委員会　穂村弘

町には、偶然生まれては消えてゆく無数の詩が溢れている。不合理でナンセンスで真剣だからこそ可笑しい、天使的な言葉たちへの考察。（南伸坊）

杏のふむふむ　杏

連続テレビ小説「ごちそうさん」で国民的な女優となった杏が、それまでの人生を、人との出会いをテーマに描いたエッセイ集。（村上春樹）

月刊佐藤純子　佐藤ジュンコ

注目のイラストレーター（元書店員）のマンガエッセイが大増量してまさかの文庫化！　仙台の街や友人との日常を描く独特のゆるふわ感はクセになる！

品切れの際はご容赦ください

ちくま文庫

ポラリスが降《ふ》り注《そそ》ぐ夜《よる》

二〇二二年六月十日　第一刷発行

著　者　李琴峰（り・ことみ）
発行者　喜入冬子
発行所　株式会社　筑摩書房
東京都台東区蔵前二―五―三　〒一一一―八七五五
電話番号　〇三―五六八七―二六〇一（代表）
装幀者　安野光雅
印刷所　中央精版印刷株式会社
製本所　中央精版印刷株式会社

ISBN978-4-480-43824-9　C0193